我们之间

Mes
amis

Mes
amours

[法]马克·李维（Marc Levy）——著

陈潇——译

湖南文艺出版社 HUNAN LITERATURE AND ART PUBLISHING HOUSE 博集天卷 CS-BOOKY Laffont/Susanna Lea Associates

献给路易
献给艾米丽

目录 ____

楔子

巴黎

"你还记得卡洛琳·勒布隆吗？"

"初一 A 班的，总是坐在教室最后面。你的初吻对象。好些年头了……"

"卡洛琳·勒布隆当时真是美极了。"

"你怎么突然想到了她？"

"看那边，那个旋转木马旁边的女人，我觉得很像她。"

安托万仔细打量那个坐在椅子上读书的女人。她翻着书，时不时看一眼坐在旋转木马上大笑的小男孩儿。

"那个女人可能有三十五岁以上了。"

"我们也过了三十五岁啊。"马提亚斯说道。

"你觉得是她吗？你说得没错，她是有点像卡洛琳·勒布隆。"

"我当时怎么会爱上她啊？"

"你还为了她的吻，帮她写过数学作业！"

"你这么说太恶心了。"

"为什么会恶心？她跟十四分[1]以上的男生都接过吻。"

"我刚刚告诉过你，我当时爱惨了她！"

"那么，现在你可以忘记她了。"

安托万和马提亚斯两个人并肩坐在旋转木马旁边的长凳上，他们的目光又被一个穿蓝色西装的男人吸引。那个男人把一个粉色的大手提包放在椅子下面，然后陪他的女儿来到旋转木马旁边。

"六个月。"安托万说道。

马提亚斯仔细观察了那个手提包，拉链没有拉紧，里面有一盒饼干、一瓶橙汁，还有一只胳膊露在包外的玩具熊。

"最多三个月！你要打赌吗？"

马提亚斯伸出手，安托万跟他击掌。

"说好了！"

坐在金色鬃毛木马上的小女孩儿似乎失去了平衡，她的爸爸立刻跳起来，还好旋转木马的管理员已经将她扶住了。

"你输定了……"马提亚斯说道。

他走到身着蓝色西服的男人面前，在他身边坐下来。

"一开始很辛苦，不是吗？"马提亚斯屈身问道。

男人叹口气回答说："是的！"

"随着时间的流逝，只会越来越困难。"

马提亚斯偷偷瞅了一眼从包里露出来的没有盖好盖子的奶瓶。

---

[1] 译注：法国考试二十分为满分，十分为及格，十四分为优秀。

"你们分手很久了吗？"

"三个月……"

马提亚斯拍了拍他的肩膀，带着胜利的神色回到安托万身边。他示意他的朋友跟上他。

"你欠我二十欧！"

两个男人向卢森堡公园的小道走去。

"你明天回伦敦吗？"马提亚斯问道。

"今晚。"

"除非你坐火车跟我走。"

"我明天要工作！"

"去伦敦工作。"

"不要再提这个话题了。你想我在伦敦做些什么？"

第一章
从巴黎到伦敦

　　如果幸福出现在你面前，要好好
把握。

伦敦 几天后

安托万坐在办公室里，写完了一封信的最后几行。他重新读了一遍，觉得很满意，然后小心翼翼地把信折好，再塞进口袋里。

百叶窗正对着布特街。秋日美丽的阳光透过窗户的缝隙，洒在了建筑事务所的金色木地板上。

安托万穿上挂在椅背上的西服，整理了一下毛衣的袖子，快速走向大厅。他在半路停下，走到事务所老板身后，弯下腰研究他设计的草图。安托万移动了一下三角尺，修改了剖面图上的一处线条。麦肯锡点头表示感谢。安托万微笑着表示回应，他看了一下手表，继续往接待处走去。墙壁上挂着事务所建立以来设计的图纸和拍摄的照片。

"你今晚开始休产假吗？"他询问前台。

"是的，宝宝快要出生了。"

"男孩儿还是女孩儿？"

年轻的女人在肚皮上比画了一个笑脸。

"足球运动员！"

安托万围着桌子转了一圈，把她拥入怀中，紧紧抱着。

"早点回来……也不要太早……还是尽早吧！总之，你能回来的时候就回来。"

他挥手示意要离开了，然后推开玻璃门，走向电梯。

巴黎 同一天

巴黎一家大书店的玻璃门被推开，一位神色匆忙的客人走进来。他头上戴着帽子，脖子上系着围巾，朝摆放教科书的书架走去。一位女售货员站在梯子上大声念出架子上陈列的书籍的书名和数量，马提亚斯同时在本子上记下这些数据。没有打招呼，客人硬生生地问道："七星出版社出版的《雨果文集》在哪里？"

"哪一卷？"马提亚斯抬起头问道。

"第一卷。"男人的回答很生硬。

年轻的女售货员艰难地扭过身子，用手指夹出了一本书，弯下腰把它递给马提亚斯。戴帽子的男人一下子把书夺了过去，然后走向收银台。女售货员跟马提亚斯对看了一眼。马提亚斯咬紧牙关，把本子放在柜台上，跑向客人。

"你好，请，谢谢，再见！"他挡住了前往收银台的路，大声喊道。

客人很吃惊，试图绕过去。马提亚斯把书夺了回来，回到他的工作岗位上，声嘶力竭地喊道："你好，请，谢谢，再见！"在场的几个客人显然被吓到了。戴帽子的男人很生气，离开了书店。收银员耸了耸肩。年轻的女售货员一直站在梯子上，很难保持严肃。之后，书店的老板请马提亚斯在下班前去办公室见他。

伦敦

安托万步行来到布特街，他朝人行横道走去，一辆黑色出租车停下来让行。安托万对司机表示谢意，之后继续朝法国中学路口的转盘走去。铃声一响，小学校区的院子立刻被一群孩子占领。艾米丽和路易背着书包，肩并肩地走着。小男孩儿冲向爸爸的怀抱，小女孩儿笑着朝栅栏走去。

"瓦伦蒂娜没来接你？"安托万问艾米丽。

"妈妈给老师打了电话，她迟到了，让我去伊沃娜的餐厅等她。"

"跟我们一起走吧，我带你去，我们三个人去那里吃东西。"

巴黎

淅淅沥沥的小雨在干净的人行道上留下一道道印迹。马提亚斯把风衣的领子竖了起来。一辆出租车从他身边驶过，响起刺耳的喇叭声。司机从车窗里伸出一只手，用中指做出下流的手势。马提亚斯穿过街道，走进一家小超市。刚才还是灰蒙蒙的天空，现在来到了闪耀的霓虹灯下。马提亚斯拿了一盒咖啡，在不同的速冻食品之间犹豫不决，最后选了一包真空包装的火腿。直到把小篮子装满了，他才走向收银台。

收银员找他零钱，但没有回复他的那句"晚上好"。

马提亚斯来到干洗店门前，铁门紧闭，他只好决定回家。

伦敦

空荡荡的餐厅大厅里，路易和艾米丽坐在一起，一边吃着焦糖布丁，一边在本子上画画。只有女老板伊沃娜一人，仿佛有心事。她从酒窖走上来，后面跟着安托万。他抱着一箱酒、两篮蔬菜和三盒奶油。

"你怎样把这么多东西抬上来的啊？"安托万问道。

"我就是这样做的！"伊沃娜示意他把东西放在柜台上。

"你应该请人帮忙。"

"我拿什么付他工资？我一个人都快搞不定了。"

"周末，我跟路易一起过来帮你。我们整理一下你的储物间，下面真是一团糟。"

"不要管我的储物间，带你的儿子去海德公园骑小马驹吧，或者去参观伦敦塔，他这几个月一直想去那里。"

"他还想参观恐怖博物馆呢，这不是一回事。他太小了。"

"或者说你太老了。"伊沃娜反驳道。她整理着红酒瓶。

安托万把脑袋伸进厨房的门，看着厨师做好的菜。伊沃娜拍了一下他的肩膀。

"今晚给你准备两套餐具？"

"也许三套？"安托万看着艾米丽在大厅深处把本子合上。

然而他话音刚落，艾米丽的妈妈就气喘吁吁地走了进来。她朝艾米丽走过去，把女儿紧紧抱入怀中，为自己的迟到感到抱歉，说因为领事馆的会议耽误了一会儿。她问女儿作业做完了没有，小女孩儿很骄傲地点头表示做完了。安托万和伊沃娜在柜台一旁看着她。

"谢谢。"瓦伦蒂娜说道。

"不用谢。"伊沃娜和安托万一起回答。

艾米丽收拾好书包，牵着妈妈的手。母女俩转过身，打了个招呼就离开了。

巴黎

马提亚斯把照片框放在厨房的灶台上，用手细细擦拭，就像是在抚摸女儿的头发。照片上的艾米丽一只手牵着妈妈，另一只手跟他挥舞告别。这是三年前在卢森堡公园拍的。那天，他的妻子瓦伦蒂娜离开了他，带着女儿前往伦敦。

马提亚斯站在熨衣板后，把手贴近熨斗的底部感受温度是否合适。一刻钟后，衣服熨好了。他又用锡纸裹住一个包裹，万分小心地用熨斗熨过。然后他把熨斗放在支架上，拔掉插头，打开锡纸，里面是热腾腾的奶酪火腿三明治。他把三明治放在盘子里，端着晚餐来到客厅的沙发上，随手拿起茶几上的一份报纸。

伦敦

餐厅的吧台在傍晚时分还算热闹，但整个大厅还是空荡荡的。年轻的花匠索菲在餐厅旁边开了家花店。她穿着一件白色罩衣，抱着一大束花神采奕奕地走进来。索菲把百合花放入柜台的花瓶里，女老板偷偷向她示意安托万和路易。于是，索菲朝他们的桌子走去，她亲吻了路易，但拒绝了安托万请她加入他们的请求。她店里还有工作要做，明天一大早还得去哥伦比亚大街的花市。伊沃娜让路易去冰箱里找冰激凌吃，小男孩儿一溜烟儿跑了。

安托万把口袋里的信拿出来，悄悄递给索菲。索菲打开信读了起来，看起来很满意。她一边读，一边把椅子拉到她跟前好让自己坐下来。她把第一页递给安托万。

"你可以以'我的爱人'开头。"

"你想我对他说'我的爱人'？"安托万一副怀疑的表情。

"是的，为什么不呢？"

"没什么意思。"

"你觉得哪里不自在吗？"索菲问道。

"我觉得有点太过头了。"

"太什么？"

"太过头了！"

"我不明白。我爱他，我要叫他'我的爱人'！"索菲非常坚持。

安托万拿起笔，拔掉笔帽。

"反正是你喜欢的人，你自己决定！但是……"

"怎么了？"

"如果他在这里的话，你也许不会这么爱他。"

"你真让人讨厌，安托万。你为什么总是这样说话？"

"因为事实如此！每天在一起，相互看着对方觉得讨厌。甚至一段时间后，完全不看对方。"

索菲盯着他的脸，一副恼怒的表情。安托万拿起笔修改。

"好的，我们就写'我的爱人'……"

他给笔头扇扇风，好让墨水快点干掉，然后把笔递给了索菲。她亲吻了安托万的脸颊，站起来给了伊沃娜一个飞吻，回到柜台忙活起来。当她走出门时，安托万叫住了她。

"刚才很抱歉。"

索菲笑了笑，离开了。

安托万的手机响了，马提亚斯的号码出现在屏幕上。

"你在哪儿？"安托万问道。

"在沙发上。"

"你的声音很小？"

"没有，没有。"马提亚斯扯了扯玩具长颈鹿的耳朵。

"我刚刚去接你的女儿放学。"

"我知道，她跟我说了，我刚给她打过电话。我等会儿还要再给她打一个。"

"你想她吗？"安托万问他。

"比我挂电话的时候还想。"马提亚斯的语气中带着一丝淡淡的忧伤。

"你想啊，她以后可是个双语人才，恭喜你啊。她现在很棒，很幸福。"

"我都知道，只是她的父亲没那么幸福。"

"你怎么了？"

"我想我刚刚被'炒鱿鱼'了。"

"那就更加有理由过来这里，跟她在一起。"

"我靠什么为生？"

"伦敦也有书店，这里不差工作机会。"

"那些书店不是英文书店吗？"

"我的邻居要退休了，他的书店在法语区中心，他要找人接管。"

安托万想到他推荐的地方比马提亚斯在巴黎工作的地方要简朴

不少，但是在这里他可以自己做老板，这在英国不是犯罪行为。这个小地方充满了风情，当然它可能需要翻新一下。

"工程量很大吗？"

"这就是我的领域了。"安托万回答。

"接管需要花费多少？"

"书店老板想尽一切办法，避免他的书店变成一个卖三明治的小吃店。他只需要一笔小小的金额就满足了。"

"你说的一小笔到底是多少？"马提亚斯问道。

"小到……就像你工作的地点跟你女儿的学校之间的距离一样。"

"我永远没法在国外生活。"

"为什么？你认为巴黎的有轨电车一旦竣工，生活会更美好吗？这里的草坪不会在轨道里生长，这里到处都是公园。比如，今天早上，我还在我家院子里给松鼠喂吃的。"

"你的一天可真忙啊！"

"你会适应伦敦的生活，这里有着难以置信的活力，这里的人都很友好。我刚才跟你提到的法国区，就跟巴黎一样，只是少了巴黎人。"

安托万列举了在中学附近的所有法国商店。

"你不用离开布特街就可以买到《队报》，还可以在露台上喝一杯咖啡。"

"你太夸张了！"

"在你看来，为什么伦敦人把这里命名为'青蛙巷'[1]？马提亚斯，你的女儿住在这里，你最好的朋友也在这里。而且你一直说巴黎的生活压力很大。"

街上传来的噪声让马提亚斯十分烦躁。他走到窗户边，一个司机对着扫路机大发雷霆。

"等一下。"马提亚斯探出头。

他朝司机大吼一声，指责他不尊重邻居，让他至少考虑一下还在辛苦工作的人。站在车门旁边的司机破口大骂，货车靠边停了下来，汽车哧溜一声跑了。

"发生了什么事？"安托万问他。

"没事，你刚才说伦敦怎么了？"

伦敦　几个月后

春天如约而至。四月初，太阳还藏在云层后面，气温却没让人怀疑夏季不久之后的到来。南肯辛顿区人潮涌动。蔬菜商店的货架上整齐地堆放着蔬菜和水果，索菲的花店总是满满当当的，伊沃娜餐厅的露台马上就要重新营业了。安托万为了工作累垮了。这天下午，他推迟了两个约会，为了跟进布特街街角的小书店的刷漆工程。

---

[1] 译注：大部分到伦敦的法国人都聚集在南肯辛顿，英国人把该地区戏称为"青蛙巷"。

"法语书店"的架子被塑料棚子罩住，刷漆工作接近尾声。安托万看了一下手表，略显不安地转过身对他的合伙人说：

"他们今晚无法完工。"

索菲走进书店。

"我晚一点再把花拿进来。新的墙壁配上鲜花很美，但油漆没干之前可不行。"

"天知道什么时候能完工，你明天再来吧。"安托万回答。

索菲走到他身边。

"他会高兴坏的，就算还剩一个台阶没干，就算这里和那里还堆着两罐涂料，这都不重要。"

"当一切结束的时候，就不好看了。"

"你真是变态。好吧，我把花店关了，过来给你帮忙。他什么时候到？"

"我不知道，你很了解他，他已经改了四次时间。"

马提亚斯坐在出租车后座，脚边放着一个箱子，胳膊下还夹着一个包裹。他完全听不懂司机说了什么。出于礼貌，他时不时以惊奇的口吻回复"是的"和"不是"，试着从后视镜里解读司机的目光。下了火车后，他把地址抄在火车票背面，然后将这个地址交给司机。尽管交流有些困难，方向盘还在右边，他还是信任这个司机的。

太阳穿过云层落在水面上，形成一条条银色的缎带。穿过威斯敏斯特大桥，马提亚斯注意到对岸教堂的轮廓。人行道上，一个年轻女人靠着围墙，手里拿着一个麦克风，面对摄像头背稿子。

"我们有将近四十万同胞穿越英吉利海峡，在英格兰安置下来。"

出租车超过了那个记者，驶入城市的中心。

一位英国老先生站在柜台后面，整理一个旧到有裂纹的皮包。他观望四周，继续工作。他偷偷打开收银机的盒子，听钱箱打开时小铃铛发出的叮当声。

"天知道我会多么怀念这个声音。"

他把手放在这台古老的机器下面，推开弹簧，让抽屉弹出来。他把抽屉放在离他不远的凳子上，弯下腰，向深处寻找一本褪色的红色封皮本。那是一本小说，上面的签名是 P.G. 沃德豪斯。这位英国老先生名叫约翰·克洛维。他嗅了一下书皮，放入怀中，翻了几页，满是喜爱之情。他合上书，把它放在唯一一个没有被防水布盖住的架子上，然后回到柜台，双手交叉等待。

"一切都好吗，克洛维先生？"安托万看了看手表问他。

"不能更好了。"书店老板回答。

"他不会迟到的。"

"在我这个年纪，约会姗姗来迟对我来说是个好消息。"他用沉稳的口气回答。

出租车停靠在人行道边，书店的门被打开了，马提亚斯冲进了他朋友的怀中。安托万轻轻咳了一声，用眼神示意在书店最里面等待的老先生，离他十步之远。

"是的，我现在明白了你所谓的'小'是什么意思。"马提亚斯在观望四周后嘀咕道。

书店老板站起来，向马提亚斯伸出一只手。

"波皮诺先生，是吗？"他的法语非常完美。

"叫我马提亚斯。"

"我非常高兴在这里迎接您，波皮诺先生。可能一开始您会有点摸不清东南西北。这个地方看起来比较小，但它的灵魂是巨大的。"

"克洛维先生，我的名字不是'波皮诺'。"

约翰·克洛维把旧书包递给马提亚斯，在他面前打开。

"您在包里可以找到公证员签名的所有文件。拉拉链的时候要特别小心，这个包有七十年历史了，它的拉链特别难拉。"

马提亚斯接过包，对主人表示感谢。

"波皮诺先生，我可以请您帮个忙吗？只是一个非常小的忙，让我开心一下？"

"克洛维先生，非常感谢。"马提亚斯犹豫着回复说，"请允许我坚持一下，我的名字不是'波皮诺'。"

"您高兴就好。"老先生殷勤地回复，"您可以问我，在我的柜台上不会正好有一本《天下无双的吉夫斯》吧？"

　　马提亚斯转过身看着安托万，试图询问缘由。安托万耸耸肩。马提亚斯轻咳一声，非常严肃地看着约翰·克洛维。

　　"克洛维先生，请问您的柜台上不会正好有一本《天下无双的吉夫斯》吧？"

　　书店老板以坚定的步伐走向唯一没有被防水布盖住的架子，拿下架子上唯一一本书，然后很骄傲地递给马提亚斯。

　　"就像您看到的那样，封面上的价格是半个克朗，当然现在克朗已经不通行了。为了能让这场交易在绅士之间进行，我计算了一下，这本书如今的市场价五十便士就可以了，如果您也同意的话。"

　　虽然有些惊慌失措，但马提亚斯接受了提议。克洛维把书递给他，安托万帮他垫付了五十便士。书店老板认为是时候带着新老板来参观一下这个书店了。

　　书店只有六十二平方米——如果我们算上书架，还有那个小小的后店。整个参观过程用了三十分钟。在参观期间，安托万向他的好朋友提示如何回答克洛维先生提出的问题。克洛维先生放弃了法语，改用英语提问。他向马提亚斯展示了如何使用收银机，尤其是当弹簧卡住时怎样把抽屉取出来。书店老板要马提亚斯全程陪着他，他坚持这是必要的传统，他很乐意这样做。

　　在门槛处，克洛维先生没有流露出一丝感情，不然功亏一篑。他把马提亚斯紧紧抱住。

　　"我在这里度过了一生。"

　　"我会好好照顾这里的，您可以相信我。"马提亚斯认真且庄重地回答。

老先生靠近马提亚斯的耳边。

"当时我才二十五岁，我没能庆祝我的生日，因为我父亲在我生日那天去世了，真是太让人遗憾了。我承认，我没有继承我父亲的幽默感。第二天，我接管了他的书店，当时还是英语书店。您拿在手里的这本书，是我卖出去的第一本书。当时架子上有两本，我保留了这一本，发誓直到我在书店的最后一天都不会跟它分开。我太喜欢这个职业了！在书堆之中，与书里的人们朝夕相处……照顾他们。"

克洛维先生最后看了一眼马提亚斯手里拿着的红色封面，嘴角露出笑容：

"我肯定吉夫斯先生会关照您的。"

他向马提亚斯告别，然后溜走了。

"他对你说了什么？"安托万问他。

"什么都没有。"马提亚斯回答，"你可以照看一下书店吗？"

在安托万回复之前，马提亚斯冲到人行道上，他在布特街尽头赶上了书店老先生。

"我能为您做些什么？"老先生问道。

"您为什么叫我'波皮诺'？"

克洛维温柔地看着马提亚斯。

"您要马上养成习惯，在这种季节出门要带上雨伞。天气也许没有传说中那么恶劣，但是这个城市会毫无预警地下起雨来。"

克洛维先生打开雨伞，走远了。

"克洛维先生，非常高兴认识您。作为您的继承者，我感到很骄傲。"马提亚斯大声喊道。

打伞的人转过身，向他微笑。

"如果有任何问题，您可以在抽屉最里面找到我在肯特郡的电话，我住在那里。"

书店老先生优雅的背影消失在街角。开始下雨了，马提亚斯抬起头看着黑乎乎的天空。他听到背后传来安托万的脚步声。

"你想要什么？"安托万问道。

"没什么。"马提亚斯回答。

马提亚斯回到他的书店，安托万回到他的办公室。两个人约定傍晚在学校门口见面。

安托万和马提亚斯坐在转盘的大树下，盯着打下课铃的钟楼。

"瓦伦蒂娜让我接艾米丽，她被困在领事馆了。"安托万说道。

"为什么我的前妻叫我最好的朋友去接我的女儿？"

"因为没人知道你什么时候会到。"

"她接艾米丽放学经常迟到吗？"

"我要提醒你，以前你们一起住的时候，你从来没有八点前回家。"

"你到底是我最好的朋友还是她的好朋友？"

"你这话让我觉得，我是来学校接你放学的。"

马提亚斯此时无心听安托万说话。因为，课间休息的院子里，一个小女孩儿正看着他绽放出美丽的笑容。他的心一下子融化了，脸上露出同样灿烂的笑容。安托万看着他们俩，不禁感慨生活中竟有如此无与伦比的相似。

"你真的会留下来？"小女孩儿被亲吻到无法呼吸。

"我对你撒过谎吗？"

"没有，但万事总有第一次。"

"你确定你没有在年龄上撒谎吗？"

安托万和路易先走了，留下这对互相依偎的父女。

艾米丽决定让他的父亲参观一下她住的街区。他们手牵手走进伊沃娜的餐厅时，瓦伦蒂娜已经坐在柜台那里等他们了。马提亚斯走近她身边，亲吻了她的脸颊。艾米丽坐在她习惯做作业用的那张桌子旁。

"你很紧张吗？"马提亚斯在凳子上坐下来。

"没有。"瓦伦蒂娜回答。

"明明就有，我看得出来，你很紧张。"

"在你提问之前我才不紧张。如果你想的话，我可以表现给你看。"

"你看你现在就是！"

"艾米丽今晚想住在你家。"

"我还没时间去我家看看，我的家具明天才到。"

"你在搬家之前没有参观过你的公寓？"

"没时间，一切都太快了。我在来这里之前，还要处理巴黎的事务。你笑什么？"

"没事。"瓦伦蒂娜回答。

"我喜欢你这样的微笑，不为任何事。"

瓦伦蒂娜抬了一下眉头。

"我喜欢你这样说话。"

"够了，"瓦伦蒂娜温柔地说道，"你搬家需要帮忙吗？"

"不，我自己能搞定。明天中午你想一起吃饭吗？当然，如果你有时间的话。"

瓦伦蒂娜叹了口气，找伊沃娜点了一杯新鲜的草莓汽水。

"你说你不紧张，那么你现在是放松的咯，因为我来伦敦了吗？"马提亚斯继续问。

"完全不是。"瓦伦蒂娜伸手碰了碰马提亚斯的脸，"恰恰相反。"

马提亚斯的脸发着光。

"为什么相反？"他疑惑道。

"我要跟你说点事情。"瓦伦蒂娜悄悄地说道，"艾米丽还不知道。"

马提亚斯略显慌张，把凳子拉近了点。

"我要回巴黎了，马提亚斯。领事馆让我管理一个部门，这是他们第三次向我提议外交部这个重要的职位。我总是拒绝，因为我不想艾米丽转学。她刚刚适应了这里的生活，路易就像是她的弟弟。她认为我夺去了她的父亲，我不想她再怪我夺去她的朋友。如果你没有来伦敦，我也许会再次拒绝。但你现在在这里，一切都好办了。"

"你接受了？"

"我不能第四次拒绝一个升职机会啊！"

"不过才三次而已啊！我数了的！"马提亚斯回答。

"我想你会明白的。"瓦伦蒂娜冷静地说道。

"我刚到，你就要走。"

"你将实现你的梦想，你将和你的女儿一起生活。"瓦伦蒂娜看着正在画画的艾米丽，"她会非常想念我的。"

"你的女儿对此怎么看？"

"你是她世界上最爱的人。再说轮流监护，并不意味着一周一周地来。"

"你是说三年三年这样更好？"

"我们只是交换一下角色，这次换我去度假。"

伊沃娜从厨房走出来。

"你们两个还好吧？"她把新鲜的草莓汽水放在瓦伦蒂娜面前。

"好极了！"马提亚斯硬生生地回答。

伊沃娜怀疑地看了看他们两个，然后回到了厨房。

"你们在一起会很幸福，不是吗？"瓦伦蒂娜吸了一口饮料。

马提亚斯把吧台一块掉下来的木屑捏碎了。

"如果你一个月之前跟我说的话，我们都会很幸福……在巴黎！"

"还好吗？"瓦伦蒂娜问道。

"好极了！"马提亚斯低声抱怨，把吧台的木刺拔下来，"我已经爱上了这个地方，你准备什么时候跟你的女儿说？"

"今晚。"

"好极了！你什么时候走？"

"周末。"

"好极了！"

瓦伦蒂娜把手放在马提亚斯的嘴唇上。

"一切都会好起来的，你要知道。"

安托万回到餐厅，注意到他的朋友看起来不太对。

"还好吧？"他问道。

"好极了！"

"我先走了。"瓦伦蒂娜从凳子上起来，"我还有很多事情要做。艾米丽，你来吗？"

小女孩儿站起来，拥抱了她的父亲和安托万，然后跟妈妈一起走了。大门在她们身后慢慢关上。

安托万和马提亚斯肩并肩坐着。伊沃娜拿了一杯白兰地打破了平静。

"来，干了它，给你提提神……好极了！"

马提亚斯来回看着安托万和伊沃娜。

"你们知道多久了？"

伊沃娜表示抱歉，她厨房还有工作要做。

"几天而已。"安托万回答,"不要这样看着我,这事轮不到我来通知你,而且也不确定。"

"是的,现在确定了!"马提亚斯一口喝掉了白兰地。

"你想我带你去新房子参观一下吗?"

"我想目前没什么好看的。"马提亚斯回答。

"你的家具还没到,我在你的卧室里放了一张行军床。来我家吃饭吧,路易会很高兴的。"

"我要把他留在我身边。"伊沃娜打断了他们的谈话,"我好几个月没见他了,我们有好多事情要聊。安托万你快走吧,你的儿子等得不耐烦了。"

安托万不知道是否要扔下他的朋友,但是伊沃娜在给他使眼色,他只好放弃,然后在马提亚斯耳边轻声说道:"一切都会好起来的……"

"是的,好极了!"马提亚斯总结道。

安托万和他的儿子来到了布特街,敲了敲索菲的窗户。她走出来。

"你要来家里吃晚餐吗?"安托万问道。

"不了,你有伴儿了,我还要工作。"

"你需要帮助吗?"

路易用手肘催促他的老爸。年轻的花店老板没有错过这个细节。她摸了摸路易的头发。

"赶紧走吧,太晚了。我知道有人更想看动画片,而不是在花店待着。"

索菲走上前亲吻安托万。他往她手里塞了一封信。

"我按照你的要求来写的，你只需要抄一遍。"

"谢谢，安托万。"

"哪天把你的心上人介绍给我们吧，就是你写信的对象。"

"好的，一定！"

在街角，路易拉扯着安托万的胳膊。

"听着，爸爸，如果你不想和我吃饭，你就直说！"

他的儿子加快脚步，离他越来越远。安托万走上前：

"我给我们俩准备了晚餐：炸丸子，巧克力舒芙蕾。全部是你爸爸亲手做的。"

"是的，是的……"路易低声抱怨，走向车子。

"你真是个倔脾气。"安托万给路易系上了安全带。

"我的脾气跟你一样。"

"也有你妈妈的一部分遗传，你别不相信……"

"妈妈昨晚寄了一封信。"车子驶向老布朗普顿大街。

"她还好吗？"

"按照她的说法，她身边的人不太好。她现在在达弗。爸爸，那是哪里啊？"

"她还在非洲。"

索菲把花店地上的树叶捡起来，把橱窗里大花瓶的粉色玫瑰重新插了一次，又把柜台上面悬挂的酒椰整理了一下。她脱掉白色的罩衣，挂在铁架子上，三片树叶从口袋里掉了出来。她拿着安托万写的信，坐在收银台后面的长凳上，开始重新写前几行。

餐厅里的客人吃完饭走了，只剩下马提亚斯一个人在吧台。营业时间快结束了，伊沃娜给自己倒了杯咖啡，来到他身边，坐在凳子上。

"还好吧？如果你回答我'好极了'，我就给你一耳光。"

"你认识某个'波皮诺'先生吗？"

"从没听说过，怎么了？"

"是这样的。"马提亚斯在吧台上敲着台面，"克洛维，你很熟悉吧？"

"他是这个地区的名人，神秘且高贵，不墨守成规，法国文学的狂热粉丝。我不知道他哪根神经出了问题。"

"和女人有关？"

"我看他总是一个人生活。"伊沃娜生硬地回答，"你也知道的，我从不多嘴。"

"那你怎么知道那么多事？"

"我只听，不怎么开口。"

伊沃娜把手放在马提亚斯手上，温柔地握着他的手。

"你会习惯的，别担心！"

"我觉得你很乐观。只要我一开口讲英文，我的女儿就会笑个不停。"

"我向你保证，这个区没人讲英文。"

"你是帮瓦伦蒂娜说情？"马提亚斯喝下最后一口酒。

"你是为你女儿来的！你不是想跟瓦伦蒂娜再续旧情吧？"

"我们从没这样想过，但我们相爱过，这一点我跟你重复过无数次。"

"你还没有走出这段感情？"

"我不知道，伊沃娜。我经常想她，就这样。"

"那你为什么背叛她？"

"那是很久以前了，我做了一件蠢事。"

"是的，但这种蠢事的代价要用一辈子去偿还。好好利用在伦敦的日子，将以前的生活翻篇。你是个帅哥，如果我年轻三十岁，我就会追求你。如果幸福出现在你面前，要好好把握。"

"我不确定它有我的新地址，我是指你所谓的幸福……"

"你这三年错过了多少机会，如果你还是犹豫不决，就无法从过去走出来。"

"你又了解多少？"

"我不是让你回答我这个问题，我只是让你好好想想。据我所知，我刚刚也跟你说了，我比你大三十岁。你还要咖啡吗？"

"不了，太晚了，我要睡了。"

"你知道路吗？"

"安托万家旁边的房子，我不是第一次来。"

马提亚斯坚持自己买单，拿着他的东西，跟伊沃娜再见，然后走出了餐厅。

夜幕悄悄降临，索菲并没有意识到。她合上信，打开收银台下面的柜子，把信放进了盒子里，里面都是安托万写的信。她把她刚刚写的信放进黑色塑料袋，里面都是残枝碎叶。离开花店前，她把这个袋子跟其他的垃圾袋一起放在人行道上。

天边涌出几朵卷云。马提亚斯手里提着箱子，胳膊夹着包裹，步行来到老布朗普顿大街。他停下来，确认自己是否错过了目的地。

"好极了！"他又折返回去。

在十字路口，他认出了房地产中介的窗户，然后朝克拉伦维尔走去。路边是各种颜色的房子，人行横道上，杏树和樱桃树在风中摇摆。伦敦的树木长得有些凌乱，偶尔会看到几个路人为了绕过挡路的树干而走弯路。

他的脚步声在寂静的夜色中回荡。他在四号楼前停下来。

这栋房子在二十世纪初被分割成两个不均等的部分。尽管如此，它风格犹存。茂盛的紫藤覆盖了表面的红砖，一直蔓延到屋顶。走上几级台阶，有两扇并列的门，一门一户。四扇窗户，一扇窗户里住的是还要待上一周的克洛维先生，另外三扇窗户里住的是安托万。

安托万看了一下表，关了厨房的灯。一张白色的木制老桌子把厨房和客厅分隔开，客厅里放着两个沙发和一个茶几。

在玻璃隔板后面，安托万放了一张写字台。他在那里办公，儿子用来写作业，路易有时候也会偷偷玩父亲的电脑。底层面向花园。

安托万上楼走进儿子的卧室，路易已经睡着一段时间了。安托万给他盖好被子，亲吻他的额头，把鼻子凑近他脖子旁边感受童年的味道，然后轻轻关上门走出房间。

安托万房间的灯刚熄灭，马提亚斯走上台阶，用钥匙开门，然后走进去。

房间一楼空荡荡的，挂在天花板中央的吊灯晃来晃去，发出微弱的光。他把包裹放在地板上，直接上了楼。两个卧室加一个卫生间。他把箱子放在安托万安置好的行军床上。在一个充当床头柜的箱子上，他找到了朋友留下的欢迎他入住的便条。他走到窗户边，小花园一直延伸到狭长的绿化带。马提亚斯把便条揉成一团，扔在地上。

他把入口的包裹扛上楼，楼梯的台阶发出咯吱咯吱的响声。马提亚斯做完这一切，然后走出门，朝反方向走去。在他身后，安托万的窗帘被重新拉上。

马提亚斯回到布特街。他打开了书店的门，油漆味还在。他取下盖在书架上的一块块塑料布。这个书店虽然不大，但是空间利用得很好，一排排书架高耸着直达天花板。马提亚斯注意到靠在书架上的旧梯子。他从小就有恐高症，而且无法治愈。所以，他决定把所有的书都放在触手可及的地方，三层以上的位置不放书，放装饰品。他走出书店，蹲下来，打开包裹。他盯着珐琅做的招牌，非常满意，手指抚过上面的店名"法语书店"。书店的门窗和挂钩搭配得天衣无缝。他从口袋里拿出四个长螺丝，它们跟招牌一样古老，接着又拿出瑞士军刀。突然，一只手搭上了他的肩膀。

"给你。"安托万递给他一把螺丝刀，"你需要一把更大的。"

安托万扶着招牌，马提亚斯用尽全力地拧紧螺丝。

"我的祖父在士麦那有家书店。那天，整个城市被大火吞没，这块招牌是他唯一留在身边的东西。我小的时候，他时不时从柜子里拿出这个招牌，放在餐厅的桌子上。他告诉我他是怎样遇见了我的祖母，又是如何爱上她的。虽然经历了战争的烈火，但他们一直没有停止相爱。我从没见过我的祖母。她留在了战场上。"

招牌弄好了，两个人靠在书店的围墙上。布特街昏黄的街灯下，他们静静聆听彼此的寂寞。

第二章
打破的墙

在这个世界上所有的大都市里，成百上千的人都孑然一身。唯一的好消息是，跟其他人相比，孤独并没有什么不同。

早晨，阳光洒进一楼。安托万从冰箱里拿出牛奶，把路易的麦片泡在牛奶里。

"牛奶不要太多，爸爸，不然麦片太软。"路易推开爸爸的手。

"不能因为这样就把剩下的牛奶倒在桌子上！"安托万抓住了洗手池边的海绵。

有人在敲门，安托万穿过客厅。门半开着，马提亚斯穿着睡衣，犹豫着要不要进去。

"你有咖啡吗？"

"早上好！"

"早上好！"马提亚斯坐在安托万身边。

小男孩儿埋头吃麦片。

"睡好了吗？"安托万问道。

"我左边睡好了，右边没地方睡。"

马提亚斯从面包篮里拿了一块吐司，往上面抹了很多黄油和果酱。

"你怎么这么早就起来了？"安托万把一杯咖啡放在他面前。

"你让我搬来的地方是大英帝国，还是《格列佛游记》里的帝国？"

"什么意思？"

"我的厨房洒进了一缕阳光，我来你家吃早餐。你有蜂蜜吗？"

"在你面前！"

"事实上，我想我明白了。在这里，千米变成了英里，摄氏度变成了华氏度，小东西变成了微缩模型。"马提亚斯啃着吐司。

"我去邻居家喝过两三次茶，我觉得那地方看起来很温馨。"

路易站起来离开桌子，上楼去卧室拿书包，然后走下来。

"我要先送我儿子去学校。你等会儿不去书店吗？"

"我等搬家公司的车。"

"你需要帮助吗？"

"不用，很快的。我的小屋子只能放下两把椅子，不然就'爆炸'了！"

"随便你！"安托万生硬地回答，出去的时候把门关上了。

马提亚斯在台阶上抓住了安托万。

"你有干净的浴巾吗？我想在你这里洗个澡，我的浴室根本挤不下。"

"你真是烦死了！"安托万生气地离开了家。

路易坐在车里，自己系好安全带。

安托万开车的时候抱怨说："真是被他气死了！"

德拉哈耶搬家公司的卡车在他家门口停下来。

十分钟后，马提亚斯叫来安托万帮忙。他出去的时候紧紧地关上了门，就像安托万要求的那样，但钥匙还放在饭厅的桌子上。搬家工人还在门口等着，而他穿着睡衣，站在路中央。安托万把路易送到学校之后，又折回来。

德拉哈耶搬家公司的负责人成功说服了马提亚斯让他的团队安心工作。在一堆工人中间指挥，马提亚斯只会帮倒忙。负责人答应他，等他晚上回家，一切都会安排妥当。

安托万等马提亚斯洗完澡，他们一起坐着老式的敞篷汽车离开。

"你去办公室吗？"马提亚斯问道。

"不了，我要去工地。"

"没必要折回书店，那里油漆味还很重。我陪你一起去。"

"我送你去，但你要小心。"

"你为什么这么说？"

"慢点！"马提亚斯喊道。

安托万怒气冲冲地看着他。

"开慢一些！"马提亚斯很坚持。

安托万利用一个红灯的空当，从马提亚斯脚底拿起文件夹。

他坐直了说道："你可以在我的位置上试试看。"

"你为什么把这个放在膝盖上？"马提亚斯问道。

"打开看看里面有什么。"

马提亚斯拿出一份文件，露出了好奇的表情。

"打开看！"

汽车一发动，设计图纸贴上了马提亚斯的脸，一路上他都在试着把图纸拿下来。过了一会儿，安托万停在人行道旁一个门廊的下面，铁门正对着一个死胡同。他拿回图纸，下了车。

歪歪扭扭的路面，老式的马厩被改造成了小茅屋。彩色的墙面倒塌在墙边的玫瑰树下，波浪线的屋顶上有的是木头瓦片，有的是板岩瓦片。胡同的尽头是一间泥土房，比其他房子都大，占据了整个地盘。台阶上是橡木制的大门。安托万催促他的朋友快点跟上来。

"没有老鼠吧？"马提亚斯走近问道。

"进来！"

马提亚斯发现里面的空间很大，巨大的窗户采光很好，几个工人正在工作。屋子中间，几级台阶引向了二楼。一个家伙走近安托万，手里拿着图纸。

"大家都在等你！"

麦肯锡三十岁出头，父亲是苏格兰人，母亲是诺曼底[1]人，法语口音透露出他的混血属性。他指着夹层，询问安托万。

"你决定了吗？"

---

[1] 译注：诺曼底在法国北部地区。

"还没有。"安托万回答。

"卫生间来不及装。我最迟今晚要下订单。"

马提亚斯走近他俩。

"不好意思，"他生气地说道，"你让我穿越整个伦敦，就是让我帮你解决拉屎的问题？

"你等一下，"安托万转过身，面对他的项目经理，"你的供应商让我气死了，麦肯锡！"

"你的供应商也让我气死了。"马提亚斯生气地重复说。

安托万用眼神训斥他的朋友。马提亚斯笑出声来。

"我开你的车，你让你的事务所老板陪你一起。可以吗，麦肯锡？"

安托万把马提亚斯拉到自己身边。

"我需要你的意见，两个还是四个？"

"这是事务所去年收购的一个老式谷仓。我在犹豫是把它拆成两间还是四间公寓。"

马提亚斯环顾四周，他抬起头看着隔间，转了一圈，然后叉腰站着。

"一间公寓！"

"好的，把车开走吧！"

"你问我，我就这么答！"

安托万放弃跟马提亚斯讲话，转身找到瓦匠工，他们正忙着拆旧烟囱。马提亚斯继续观察场地。他爬上二楼，查看贴在墙上的图纸，然后回到夹层的栏杆旁，张开双臂，大声说道：

"一间公寓，两间厕所，大家都开心！"

工人们被吓到了，纷纷抬起头。绝望的安托万双手抱住了头。

"马提亚斯，我在工作！"安托万喊道。

"我也在工作！"

安托万迅速爬上二楼。

"你在干什么？"

"我有一个想法，你在楼下搞个大房间，把楼上分成两个部分，垂直分。"马提亚斯用手在空中比画了一下。

"我们从孩提时代就说过好多次要住在一起。你现在是单身，我也是。这是一间梦想中的房子。"

马提亚斯用双手比画出十字形，重复道："垂直分。"

"我们不再是孩子了！如果我们想带女人回家，要怎么办？"安托万怒喊道。

"如果我们其中一个人要带女人回家，那么他就……不能进门！"

"你是说，家里不能有女人？"

"是的！"马提亚斯张开手臂，挥舞着图纸，"看啊！就算我不是建筑师，我也可以想象出这个地方梦想中的模样。"

"是的，你就做梦吧！我得工作了！"安托万把他手里的图纸抢过来。

安托万走下楼，一脸抱歉的表情。

"接受你离婚的事实，让我安静工作！"

马提亚斯跑到栏杆处，继续骚扰安托万。但安托万在跟麦肯锡讲话。

"我们认识十五年了，我们的孩子一起度假的时候不是很开心吗？你明明知道我们相处得非常好。"马提亚斯据理力争。

工人们吓坏了，停下了手里的工作。他们原本一个在扫地，一个在读用法说明，一个在清理工具。

怒气冲冲的安托万离开了他的老板，逃出了死胡同。马提亚斯从楼上跑下来，给麦肯锡使了个安心的眼神，转身走向安托万的车子。

"我不知道你为什么生气，我觉得这是个好主意。"

"上车，不然我把你留在这里。"安托万打开车门。

麦肯锡挥挥手，气喘吁吁，询问是否可以一起回去，事务所有急事等着他。马提亚斯下车让麦肯锡进去。麦肯锡体形庞大，他努力让自己钻进了汽车后座。然后，车子朝伦敦市区开去。

自从他们离开了死胡同，安托万就没说一句话。车子驶进布特街，来到法语书店门口。

马提亚斯把椅子放倒，让麦肯锡出去。但麦肯锡想事情出了神，没有动。

"也就是说，如果你们俩以'夫夫'的方式在一起，我的订单就没问题了。"

"你赶紧给我停下来，我们只是邻居，这样就已经很不错了。"

"我们还是住在自己家，这没关系。"马提亚斯回答。

"你到底是怎么回事？"安托万问道。

"问题不是单身，而是独自生活。"

"这是单身的原则问题。而且我们也不是独自生活，我们还带着孩子。"

"我们是单身父亲！"

"你每句话都要提到单身吗？"

"我想要一间房子，孩子们在里面欢笑。我想回到家，不再是忧郁的周日。我希望周末能跟孩子们一起欢笑。"

"你说了两次！"

"他们连着笑两次，这有问题吗？"

"你就这么寂寞吗？"

"去工作吧。麦肯锡在车里打盹儿。"马提亚斯走进书店。

安托万跟在他身后走进书店。

"如果我们生活在一个屋檐下，我从中能得到什么？"

马提亚斯弯下腰，捡起邮递员从门缝塞进来的信件。

"我不知道，但你终于可以教我做饭了。"

"我说得没错，你一直没变。"安托万要离开了。

"我们请一个保姆。除了哈哈大笑，我们能有什么风险？"

"我反对请保姆！"安托万朝车子走去，"我已经失去了我的母亲。我不希望有一天因为我没有照顾好儿子，让他离我而去。这样绝对不行。"

安托万坐在方向盘后面，启动了车子。在他旁边，麦肯锡打着呼噜，鼻子埋在一张纸巾下面。马提亚斯双手交叉，站在门口，叫住了安托万。

"你的办公室就在对面。"

安托万用手肘顶了一下麦肯锡，然后打开了车门。

"你还在这里干吗？我还以为你工作忙坏了！"

索菲在她的花店里看着这一幕，摇了摇头，走进了花店。

马提亚斯加入了白天工作的人群中。客人们进门时因为没看到克洛维先生而感到吃惊，但所有人很快对马提亚斯的到来表示热烈欢迎。书店第一天的销售量让他感到惊喜。晚上，马提亚斯在伊沃娜的餐厅吃晚餐。他想象这份小生意也许有一天能成功，甚至可以送女儿去读梦想中的牛津大学。天黑时，他步行回家。德拉哈耶搬家公司的弗雷德里克把钥匙还给他，然后，弗雷德里克开着卡车消失在街角。

他信守了承诺。他们把沙发还有茶几放在一楼，床和床头柜放在楼上的两间卧室里，衣柜被打扫得非常整洁。楼梯下的小厨房里，餐具摆放得整整齐齐。房间并不大，但每平方米都被塞得满满的。马提亚斯在上楼睡觉之前，把女儿的房间整理了一番，跟她假期在巴黎住过的房间一模一样。

在墙的另一边，安托万关上了儿子的房门。路易睡觉前总是会向他提各种各样、千奇百怪的问题。这会儿，父亲很高兴儿子终于睡下了。讲故事的人踮着脚下楼梯，想着儿子什么时候不再需要讲故事。这个问题很关键，因为那意味着他必须重新上历史课。安托万坐在餐桌旁，把老马厩的图纸摊开，在上面涂涂画画。夜深了，他把厨房收拾干净后给麦肯锡发了条信息，约定明天上午十点在工地见。

事务所的老板准时到了，安托万把新图纸拿给他看。

"你先把供应商的问题放在一边，告诉我你怎么看这张图纸。"安托万问道。

合伙人的意见马上就出来了。把这个地方改成一间大房子，会推迟三个月的工程进度。需要重新申请相关执照，重新报价。这样下来，整个工程的费用会非常高。

"你的意思是多高？"安托万问道。

麦肯锡在他耳边嘀咕了一个数字，让他差点跳起来。

安托万把原图纸上用作修改的透明标签扯了下来，扔进工地的垃圾桶里。

"我带你去办公室？"他问老板。

"我有很多事情要做，我上午晚点再回去。那么，两间公寓还是四间公寓？"

"四间！"安托万离开时回答。

安托万的车子消失在死胡同的尽头。时间还早，安托万决定穿过海德公园。在公园出口处，他眼睁睁地看着红灯亮了三次。他后面的车队在不断加长。一个骑兵来到他的车窗前，看到他还在发呆。

"今天天气不错，不是吗？"骑兵问道。

"好极了！"安托万看着天空回答。

骑兵指向变成了橙色的交通灯，询问安托万："难道这些颜色之中有种颜色触发了您的灵感？"安托万看了一眼后视镜，被他引起的堵车吓到了，在骑兵的眼色下立刻发动了车子。骑兵不得不从马上下来指挥交通。

"我是发什么神经，让他来伦敦？"安托万开上了皇后大门大街。

他停在索菲花店门口。年轻的花店老板身着白色袍子，就像是一个生物学家。她利用好天气，整理她的花店。百合花、牡丹、白玫瑰、红玫瑰放在人行道上摆成一列的篮子里，争相斗艳。

"你不开心？"她看着他问道。

"你今天早上有客人吗？"

"我在问你啊！"

"不，我一点都不开心！"安托万气恼地回答。

索菲转过身，走进了花店。安托万紧跟了过去。

"你要知道，安托万，"她来到柜台后面，"如果你觉得写信写烦了，我自己可以搞定的。"

"不是这个事，跟这个没关系。马提亚斯让我心烦，他受够了一个人生活。"

"他马上就要跟艾米丽一起生活了啊！"

"他想和我们一起生活！"

"你在开玩笑？"

"他说这样对孩子们更好。"

索菲转过身，在安托万的注视下脱下袍子，然后来到后间。她露出了意味深长的笑容，发出了无比响亮的笑声。

"是的，对你们的孩子来说，有两个父亲是很正常的。"她擦干了眼泪。

"你不用告诉我什么是正常的。三个月前，你还想为一个陌生人去做修女。"

索菲的脸色马上就变了。

安托万走近她身边，握住她的手。

"不正常的是，在一个拥有七千五百万人口的大城市里，马提亚斯和我居然一直是单身。"

"马提亚斯刚来这里。你呢，你也许不算是单身？"

"我无所谓，但我没想到他会觉得自己很孤单。"

"我们都是孤单的，无论是这里，或是巴黎，还是别处。我们总是试图逃离孤独，搬离原地，竭尽全力去认识不同的人，但毫无用处。一天结束之后，每个人都回到自己的家中。那些夫妻或者情侣没有意识到自己有多幸运。他们忘记了快餐盒，他们不恐慌即将到来的周末，也不期待休息日响起的电话铃声。在这个世界上所有的大都市里，成百上千的人都孑然一身。唯一的好消息是，跟其他人相比，孤独并没有什么不同。"

安托万想把手放在索菲的头上。索菲躲开了。

"去上班吧，我还有好多事情要做。"

"你今晚来吗？"

"我不想去。"索菲回答。

"我是为了马提亚斯才准备的晚餐。瓦伦蒂娜这周末就走了。你必须来，我没法一个人跟他们俩相处。我还会准备你最爱的菜。"

索菲微笑着说："火腿小贝壳面？"

"八点半！"

"孩子们跟我们一起吃晚餐？"

"就这样说定了！"安托万离开时说道。

马提亚斯坐在书店柜台后面，读着当日的信件。几张发票，一份宣传册，一封学校的来信——通知下周的家长会，还有一沓信是给克洛维先生的。马提亚斯从收银盒子底部拿出一张小纸片，抄下克洛维在肯特郡的地址。他准备在午餐的时候把信寄出去。

他打电话给伊沃娜，预订午餐。"不要因为任何事情打扰我，"她回答他，"第三个凳子的位置是你的。"

门铃响起，一个年轻的美女走进书店，马提亚斯放下了信件。

"你这里有法语报刊吗？"她问道。

马提亚斯指向入口的架子。年轻女人拿了一份日报，走向收银台。

"你想家了吗？"马提亚斯问道。

"不，还没有。"年轻女人风趣地回答。

她一边在口袋里找零钱，一边称赞："这个书店实在是太可爱了。"马提亚斯向她的赞美道谢，手里接过她的报纸。奥黛丽抬头看着四周，书架上方的一本书吸引了她的注意力。她踮起脚。

"我看到的书是《拉卡德＆米查德：十八世纪文学》吗？"

马提亚斯靠近书架，点头示意。

"我可以买下它吗？"

"我有一个更新的版本，就在你面前。"马提亚斯从架子上拿下一本。

奥黛丽看了一眼，把书还给他。

"这本是'二十世纪文学'。"

"是的，但这是全新的。三个世纪的差异。你自己看看，没有折痕，没有一点污渍。"

她开怀大笑，指向上面那本书。

"你可以把书给我吗？"

"我可以帮你提过去，它太重了。"马提亚斯回答。

奥黛丽呆住了。

"我要去法语中学，就在街角。我自己扛过去吧。"

"如您所愿。"

他搬来了旧梯子，靠在书架上。

他深呼一口气，把脚放在第一个台阶上，闭上眼睛，然后艰难地往上爬。到达一定高度后，他伸手摸来摸去，什么都没碰到。马提亚斯眯着眼睛，找到了封面，一下子拿到手里，但他无法从梯子上下来。他的心怦怦直跳，双手竭尽全力抓紧梯子，无法动弹。

"还好吗？"

奥黛丽的声音传到他耳朵里。

"不太好。"他低声说道。

"你需要帮助吗？"

他的"不"字如此无力，但奥黛丽还是听到了。她爬上梯子，拿到书，扔在地上，然后把自己的手放在马提亚斯手上。她一边安慰，一边鼓励他。耐心的她终于成功地让他下了三个台阶。她成功说服他地面不是很远，他低声说道还需要一点时间。安托万走进书店时，马提亚斯距离地面还有一个台阶。

奥黛丽终于放开手。马提亚斯为了找回尊严，弯腰捡起书，把书放进一个纸袋子，然后递给她。她道谢，然后在安托万好奇的眼神中离开了书店。

"我想知道你到底在干吗？"

"我的事业！"

安托万仔细观察他。

"我能帮你什么忙？"马提亚斯问道。

"我们约好了中午一起吃饭。"

马提亚斯注意到收银台上的报纸。他拿起报纸，让安托万等等，然后冲向人行道。马提亚斯一路狂奔，他先是经过布特街，然后转向哈林顿街，终于在转弯处追上了奥黛丽。气喘吁吁的他把报纸递给她。

"你太客气了。"奥黛丽对他表示感谢。

"我在你面前出丑了，不是吗？"

"不，完全没有的事情。你这是恐高症。"她走进了学校的大门。

马提亚斯看着她穿过院子。然后，他往书店方向走，又转过身，看到她消失在院子的另一头。过了一会儿，奥黛丽转过身，看见他消失在街角。

"你到底有没有经商意识？"安托万问道。

"她要买《拉卡德 & 米查德：十八世纪文学》，她在法语中学上班，也许是一位老师。不要批评我为了孩子的教育尽心尽责。"

"不管是不是老师，她连报纸的钱都没有付。"

"我们去吃饭吧？"马提亚斯打开门。

索菲走进餐厅，加入了马提亚斯和安托万。伊沃娜给他们端来一盘烤菜。

"你们餐厅吃饭的人都坐满了，生意不错啊！"马提亚斯说道。

安托万在桌子下踢了他一脚。伊沃娜走开了，没说一句话。

"又怎么了，我说了什么不该说的话吗？"

"她现在的经营很有问题。晚上几乎没有客人。"索菲说道。

"装修有点老旧了，她要重新装修一下。"

"你现在成了装修大师？"安托万问道。

"我只想帮忙。你得承认这个装修太破了。"

"那你呢？"安托万反驳他。

"你们两个都是浑蛋。"

"你可以负责翻新啊，这不是你的职业吗？"马提亚斯继续说道。

"伊沃娜没有钱装修，她讨厌分期付款，她是老一派的人。"索菲回答，"但是她没错，如果我没有那么多账单就好了。"

"那么，我们就袖手旁观？"马提亚斯坚持道。

"你能不能专心吃东西，五分钟不说话？"安托万说道。

安托万回到办公室，开始埋头工作，为了弥补这周落下的任务。马提亚斯的到来打乱了他的日程安排。下午的太阳落到了大窗子后面，安托万看了一下手表，他要去学校接孩子，还要去买东西准备晚餐。

路易摆好了餐具，在书房的角落里安静地写作业。安托万在厨房里忙碌着，一只耳朵还听着来自电视机 TV5 欧洲频道的报道。如果安托万抬起头，他就会认出马提亚斯在书店遇到的那个年轻女人。

瓦伦蒂娜带着女儿第一个赴宴，过了几分钟索菲到达，住在隔壁的马提亚斯最后才到。他们坐在餐桌旁，除了安托万还在厨房忙着。他系了一条围裙，从烤箱里端出一盆菜，然后放在台面上。索菲起身帮他忙，安托万递给她两个盘子。

"排骨青豆是艾米丽的，土豆泥是路易的。你的小贝壳面过两分钟就好了，瓦伦蒂娜的肉饼来了。"

"还有一位客人呢？"索菲打趣地问道。

"跟路易一样的。"安托万回答。

"你跟我们一起吃？"索菲回到餐桌。

"是的，是的。"安托万答应。

索菲一直看着他，安托万让他们先吃，路易的土豆泥要凉了。他给马提亚斯和瓦伦蒂娜端上菜，等待他们的反应。瓦伦蒂娜看着她的盘子，非常激动。

"等你回到巴黎，就吃不到这么好吃的东西了。"他回到厨房里。

安托万很快端来了索菲的小贝壳面，等她尝过之后，又回到厨房。

"过来坐啊，安托万。"她请求他。

"我来了。"他手里拿着个洗碗海绵。

安托万做的菜让一桌子人开心不已，但他的盘子没有动过。他一直忙来忙去，很难参与餐桌上的对话。小朋友们昏昏欲睡，眼神呆滞。索菲省去了哄他们睡觉的时间。之后，路易在他教母的怀中睡着了。索菲踮着脚，抑制不住自己想亲吻他的想法。小男孩儿在半梦半醒中睁开了眼睛，嘴巴里嘀咕着"达弗"。索菲回答说："睡吧，亲爱的。"然后走出去，把门半开着。

索菲回到客厅，给安托万使了个眼色。安托万正在洗盘子，瓦伦蒂娜和马提亚斯在讲话。

索菲在犹豫，不知道要不要坐回餐桌旁。安托万端了一盘巧克力慕斯来到桌子旁。

"把你今天的菜谱给我吧？"瓦伦蒂娜问道。

"改天吧！"安托万又转身离开。

晚宴结束了，安托万建议让艾米丽继续睡，明天一早他送孩子们去上学。瓦伦蒂娜非常乐意地答应了，现在把女儿叫醒也无济于事。已经是午夜了，就算是去伊沃娜那里搞恶作剧也太晚了，所有人都回家了。

安托万打开冰箱，拿出一块奶酪和面包，坐在餐桌前开始吃晚餐。草坪上传来脚步声。

"我想我把手机忘在这里了。"索菲走进来。

"我放在了厨房台面上。"

索菲找到手机，放进口袋里。她看着水槽边的洗碗海绵，犹豫了一会儿，然后捏在手里。

"你到底怎么了？"安托万问道，"你有点奇怪。"

"你知道你今晚花了多少时间在厨房里吗？"索菲拿着海绵挥舞示意。

安托万皱着眉头。

"你担心马提亚斯一个人会寂寞，那你自己呢，你想过没？"

她把海绵扔向安托万，海绵掉在了桌子中央。然后，她头也不回地离开了。

某一天，艾米丽在日记本里写道：索菲对我爸爸有着决定性的影响。路易在空白处补充写道：我完全同意。

索菲已经走了一个多小时。安托万在客厅里环顾四周。他靠近墙壁，另一边住着马提亚斯。他用手指敲着墙壁，但没有任何回声。他最好的朋友应该已经入睡好久了。

瓦伦蒂娜把身上的毯子卷起来，跨坐在马提亚斯身上。

"你有烟吗？"

"我不抽了。"

"我想抽。"她从床角的包里翻出烟。

瓦伦蒂娜走到窗户边，打火机的光照亮了她的脸。马提亚斯目不转睛地看着她。他喜欢看她抽烟时吞云吐雾的模样。

"你在看什么？"她把脸贴在瓷砖上。

"你。"

"我变了吗？"

"没有。"

"艾米丽到时候会疯狂想我的。"

他站起身，来到她身边。瓦伦蒂娜把手放在马提亚斯的脸颊上，轻抚刚刚冒出来的胡楂。

"留下来！"他低声说道。

她吸了一口烟，炽热的烟头冒着火星。

"你还在怪我？"

"闭嘴！"

"忘记我刚才说的。"

"忘记刚才说的话，忘记做过的事。生活对你来说是什么，一幅粉笔画？"

"彩色粉笔，不是很美好吗？"

"长大点，我的老兄！"

"如果我长大了，你永远不会爱上我。"

"如果你之后能够长大，我们也许还会在一起。"

"留下来，瓦伦蒂娜，给我们第二次机会。"

"这是对我们两个人的惩罚。我可以偶尔做你的情妇，但不会再做你的妻子。"

马提亚斯捡起烟盒，犹豫了一下，又扔在地上。

"不要开灯。"瓦伦蒂娜叹了口气。

她打开窗户，呼吸着深夜清凉的空气。

"我明天坐火车走。"

"你之前说是周日，有人接你吗？"

"有又怎么样？"

"我认识他吗？"

"不要再伤害彼此了，马提亚斯。"

"好像是你伤害了我。"

"你现在明白我的感受了吗，那个时候我们还没有分开。"

"他是做什么的？"

"有什么用？"

"你跟他上床也很爽是吗？"

瓦伦蒂娜没有回答，她把烟头扔到了街上，然后关上窗户。

"原谅我。"马提亚斯低声说道。

"我要穿衣服，我回家了。"

有人在门口敲门，他们两个吓了一跳。

"是谁？"瓦伦蒂娜问道。

马提亚斯看了一眼床头柜上的闹钟。

"不知道。你别动，我下去看看，顺便把你的东西拿上来。"

他裹上一条浴巾，然后走出房间。敲门声越来越重。

"来了！"他下楼梯时大喊。

安托万双手交叉，非常坚定地看着他的朋友：

"好的，听我说，有一点一定不能违背：家里不能请保姆！我们自己照顾孩子们。"

"你在说什么？"

"你还想我们同住在一个屋檐下吗？"

"是的，但也许不要在这个时间点谈？"

"'不要在这个时间点谈'是什么意思？你还想什么时候谈？"

"我是说，我们可以晚点谈！"

"我们现在、立刻、马上谈！我们要建立规则，并遵守规则！"

"我们明天再谈！"

"不行！"

"好吧，安托万，你想建立的规则我都同意。"

"你怎么能同意我想建立的所有规则？如果我说你每晚去遛狗，你也同意吗？"

"不，千万不要每晚！"

"你看，你并不同意我建立的每个规则啊！"

"安托万，我们没有狗啊！"

"不要推脱！"

瓦伦蒂娜裹着床单，在楼梯上探出身子。

"一切都好吗？"她不安地问道。

安托万抬起头，向她点头示意，她回到了房间。

"是的，你真是太寂寞了。"安托万离开了。

马提亚斯关上门，刚刚准备离开，又听到安托万敲门。

"她留下吗？"

"不，她明天走。"

"你现在尝到了甜头，接下来的六个月，不要因为你想她而哭哭啼啼。"

安托万走向台阶，走回自己家中，门廊的灯亮了。

马提亚斯拿起瓦伦蒂娜的物品，然后回到卧室。

"他想干吗？"

"没事，我晚点解释。"

第二天上午的春雨让伦敦焕然一新。马提亚斯坐在伊沃娜餐厅的吧台边上。瓦伦蒂娜走进来，头发还是湿的。

"我一会儿带艾米丽去吃午餐，我的火车今晚出发。"

"你昨天跟我说过了。"

"你能搞定吗？"

"周一她有英语课，周二是柔道课，周三我带她去看电影，周四是吉他课，周五……"

瓦伦蒂娜没有继续听下去。她看到窗外的安托万站在对面的人行道上，走进了他的办公室。

"他昨晚大半夜找你干吗？"

"你喝咖啡吗？"

马提亚斯向她解释了他为什么搬家，列举了各种优点。路易和艾米丽像亲兄妹一样，对他来说，住在同一屋檐下，生活更好安排。伊沃娜吓坏了，留下他们两个继续聊天。瓦伦蒂娜笑了好几次，她从凳子上站起来。

"你不发表意见？"

"你想让我说什么？如果你们确定在一起能幸福就好！"

瓦伦蒂娜走进厨房找伊沃娜，抱紧她。

"我会尽早回来看你的。"

"人们分手的时候都是这样说的。"伊沃娜回答。

瓦伦蒂娜回到大厅，拥抱了马提亚斯，然后走出了餐厅。

安托万等伊沃娜转过街角才离开窗前的办公桌，走下楼梯，穿过街道，走进伊沃娜的餐厅。一杯咖啡在吧台上等着他。

"怎么样？"他问马提亚斯。

"很好。"

"我昨晚给路易的妈妈寄了封信。"

"你收到回复了吗？"

"今天早上到达办公室后。"

"那么？"

"卡琳娜问我，下次开学的时候，路易是不是要把你的名字填在学生手册上的'伴侣'一栏。"

伊沃娜把吧台上的两个咖啡杯拿走了。

"你跟孩子们谈过了吗？"

整体改造从成本上来说是不可能做到的，但安托万借助图纸，向马提亚斯解释了他昨晚的想法。

他们两个的房子，隔墙没有任何支撑的结构，只需要将墙推倒就能还原房子本来的面貌。然后，在一楼设计一个公共的大型空间，木地板和天花板的个别地方需要改造和翻新。整个工程的工期不会超过一周。

而且，两个通往二楼的台阶正好给每个人一种"回到自己家"的感觉。麦肯锡会到现场落实整个计划。安托万回到了办公室，马提亚斯回到了书店。

瓦伦蒂娜去学校接艾米丽。她决定带女儿去"地中海"餐厅吃午餐，那是当地最好的意大利餐厅。一辆双层巴士把她们带到肯辛顿花园大街。

诺丁山的街道沐浴在阳光下，她们坐在露台上。瓦伦蒂娜点了两个披萨。她们约定每天晚上打电话，报告每天的行程，还有写信。

瓦伦蒂娜刚刚开始新工作，复活节的时候不能休假。但是今年夏天，她们能去度假，就她们两个。艾米丽让她妈妈放心：一切都会好的。她会好好照顾爸爸，睡觉前会检查大门是否锁好，家里的电器是否都关好。她答应在任何情况下都会系上安全带，就连在出租车上也一样。天冷的时候，盖好被子。不浪费时间在图书馆闲逛。不放弃吉他，至少坚持到下学期开学前，最后……最后，瓦伦蒂娜把艾米丽送回学校。瓦伦蒂娜遵守了承诺，她没有哭，至少在艾米丽回到教室之前。当晚，一辆欧洲之星的列车把她带回了巴黎。巴黎北站，一辆出租车把她带往第九区的一个单间。

麦肯锡在隔墙上打了两个洞，很惊喜地跟马提亚斯和安托万确认说："这不是承重墙。"

"他这样做真是气死我了！"安托万去厨房找水时哼唧道。

"他做了什么？"马提亚斯迷惑地问。

"他的钻头，为了确认我说的话！我至少还认得出承重墙吧！该死，我跟他一样是建筑师，好吗！"

"当然了。"马提亚斯低声说道。

"你看起来不相信我？"

"我觉得你的心理年龄不可信。你为什么对我说这个？你直接跟他说呗。"

安托万坚定地走向他的老板。麦肯锡把眼镜放入外套上面的口袋，没让安托万有开口的机会：

"我想三个月之内可以完工，我向你们保证这个房子会恢复本来的模样。我们甚至还可以做个天花板上突饰的模具。"

"三个月？你是准备用勺子来挖这堵墙吗？"马提亚斯加入了他们的对话。

麦肯锡解释说：在这个地区，所有的工程都要事先申请许可证。前期工作要八周，同时事务所可以向相关部门申请停车许可证，用翻斗车来倾倒瓦砾。而把墙拆掉只需要两三天时间。

"如果不要许可证呢？"马提亚斯在麦肯锡耳边说道。

事务所老板懒得回答马提亚斯。他拿起外套，向安托万承诺这个周末开始准备申请材料。

安托万看了一下表，索菲答应他关店去学校接孩子，现在是时候去"解放"她了。安托万和马提亚斯晚了半个小时才来到花店。艾米丽盘腿坐在地板上帮索菲修剪玫瑰，路易在柜台后面按照个头大小整理酒椰的枝干。为了求得原谅，两位父亲请她去吃饭。索菲答应了，唯一的条件就是在伊沃娜那里吃。这样的话，安托万可以跟他们一起吃晚餐。安托万本人不做任何评论。

吃饭间隙，伊沃娜加入了他们。

"我明天关店。"她喝了一口酒。

"周六？"安托万问道。

"我需要休息……"

看到马提亚斯在啃指甲，安托万弹了一下他的手。

"你不要这样。"

"你在说什么？"安托万无辜地问道。

"你明明知道我在说什么。"

"你们俩要一起生活了。"伊沃娜的嘴角露出了笑容。

"只是推倒一面墙而已，不要这么小题大做。"

周六上午，安托万带着孩子们去切尔西农贸市场。艾米丽在苗圃里闲逛，选了两株玫瑰树，准备跟索菲一起种在花园里。突然下起了暴雨，他们临时决定去伦敦塔。参观恐怖博物馆时，路易全程做导游，在每个大厅的入口，他向父亲保证：不要害怕，里面都是蜡像。

马提亚斯利用这个上午准备他的订单。他看了一眼第一周卖掉的书单，对业绩表示满意。他在本子边缘处贴上需要重新整理的书单，铅笔在掠过《拉卡德 & 米查德：十八世纪文学》这本书时停了下来。他的眼睛离开了本子，眼神飘向了靠在书架上的旧梯子。

索菲发出一声尖叫，她的手指上出现一道深深的伤口，整枝剪穿破了正在打理的植物枝干。她走到花店后面，用九十度酒精给伤口消毒。她深呼一口气，然后又擦了一次酒精，过了好一会儿才缓过来。花店的门被人推开了，她在医药柜的架子上拿了一包绷带，立刻跑回去接待顾客。

伊沃娜关上洗手池柜子的门，在脸颊上拍了些粉，把头发整理了一番，戴上围巾。她穿过卧室，拿着手提包，戴上太阳镜，走下楼梯，来到餐厅。铁门紧闭，她打开面向院子的门，确定道路通畅，看了一眼布特街的橱窗，在索菲的花店前停留了一下。她搭上了前往老布朗普顿大街的巴士，在售票员那里买了一张票，上了第二层。如果交通顺畅，她应该能准时到达。

双层巴士把她带到了老布朗普顿的墓地。这个地方仿佛充满了魔法。孩子们骑着单车来往于绿色的小道，路上还有几个慢跑的人。在古老的坟墓石头上，松鼠胆子很大地坐着等待行人路过。小小的啮齿动物捧着路人给的榛子，欢快地啃着。伊沃娜沿着中央大道走去，来到面向富勒姆大街的门口。这条前往体育场的路是她最喜欢的。斯坦福桥球场已经人山人海了。每个周六，阶梯座位上的喊叫声让平静的墓地变得欢乐。伊沃娜从包里拿出票，系好围巾，戴好眼镜。

在波特贝罗大街上，一个年轻的女记者在"电子"酒馆的露台上喝茶，她的摄像师也在一旁。电视台在布里克巷租了间工作室。当天早上，她在那里观看了这一周录制的视频材料。工作是令人满意的。按照这个节奏，奥黛丽可以马上完成她的报道，早日回到巴黎做剪辑。她买单，扔下她的同事，决定利用剩下的一个下午去逛商店，这个地区有很多商店。她站起身，把道路让给一个男人和两个孩子。在忙碌的一周之后，他们饥肠辘辘、疲惫不堪。

曼联的球迷同时站了起来。球打中了切尔西队的球门又弹了回来。伊沃娜拍手。

"天啊，错过了这么好的机会，真是羞耻！"

他旁边的男人笑了。

"相信我，在坎通纳时期，就不会这样。"她表现出愤怒的模样，"你甚至不会对我说，这些蠢货只需要再专心点，就不会踢偏，不是吗？"

"我什么都不说。"男人轻声说道。

"无论如何，你对足球一窍不通。"

"我喜欢板球。"

伊沃娜把头靠在他的肩膀上。

"你对足球一窍不通……但我还是想跟你在一起。"

"你知道吗？如果你所在的街区的人们知道你是曼联球迷，会怎么样？"男人在她耳边说道。

"不然我为什么一路上如此小心翼翼？"

男人看着伊沃娜，她的眼睛紧紧盯住草坪。他翻看放在膝盖上的小册子。

"这是赛季末吗？"

伊沃娜不回答，全神贯注投入比赛。

"那么下周末，也许你有机会来我这里？"男人继续问道。

"再说吧。"她目不转睛地盯着赛场上切尔西队的前锋。

她把一只手指放在男人的嘴巴上，补充说道：

"我不能同时做两件事。如果没人决定拦住这个蠢货的进攻，那么我的晚上就泡汤了，你的也是。"

约翰·克洛维握住伊沃娜的手，抚摸岁月在上面留下的棕色痕迹。伊沃娜耸耸肩：

"我年轻的时候，双手很美。"

伊沃娜突然站起来，脸部抽搐，屏住呼吸。球踢偏了，被踢回了另一半场。她叹了口气，坐下来。

"我这周很想你，你要知道。"

"那么下个周末过来！"

"是你要退休，不是我！"

裁判吹响了中场休息的口哨。他们去小卖部买饮料。在爬台阶的时候，约翰询问书店的情况。

"这是他工作的第一周，你的'波皮诺'适应得不错，如果这是你想了解的。"伊沃娜回答。

"这正是我想了解的。"约翰重复说道。

孩子们很早就回了家，然后在房间里玩耍，等待下午茶。安托万穿着围裙，靠在厨房的灶台上，专心读着一本关于薄饼的菜谱书。门铃响了。马提亚斯在草坪上等着，站得笔直笔直。安托万看着他的奇装异服。

"我可以问一下，你为什么带着滑雪镜吗？"他问道。

马提亚斯推开门走进去，一脸疑惑的安托万一直看着他。马提亚斯把一块折叠的篷布扔在了脚边。

"你的割草机在哪儿？"他问道。

"你在我的客厅里要割草机做什么？"

"你的问题真让人讨厌！"

马提亚斯穿过房间，来到房子后面的花园。安托万紧随其后。马提亚斯打开了工具库的门，搬出割草机。他确定了轮子没有接触地面，保证了整体的平衡。

割草机的马达开始转动，发出震耳欲聋的噪声。

"我要去叫医生了！"安托万吼道。

马提亚斯往反方向走去，进到房子里，把篷布折起来，回到自己家。安托万一个人站在客厅中央，不知道他的朋友哪根弦出了毛病。突然，一声巨响，隔墙晃动起来。接着又响了一下，马提亚斯欢快的脸从一个巨大的洞中探出来。

"欢迎回家!"神采飞扬的马提亚斯还在继续钻墙。

"你疯了!"安托万吼道,"邻居们会揭发我们的。"

"加上花园里的噪声,我觉得不会被发现。帮我一把,不要抱怨。我们两个人,可以在天黑前把墙推倒。"

"然后呢?"安托万看着地板上落的灰尘。

"然后,我们把尘土装进垃圾袋,放到你的工具库里,再分好几周慢慢运走。"

隔墙的另一个计划泡汤了。马提亚斯继续钻墙,安托万在思考善后工作,好让他的客厅看起来是正常的。

楼上的卧室里,艾米丽和路易打开了电视机,坚信地震刚刚袭击了南肯辛顿地区。夜幕降临,他们很失望地球没有再震动,但很高兴参与这项秘密行动——帮助运输沙土袋子到花园里。第二天,麦肯锡被紧急召唤,安托万的口吻让他明白事情的严重性。没办法,他只得周日找人把办公室的大卡车开来了。

周末快结束时,虽然天花板有几个地方还需要粉刷,马提亚斯和安托万算是正式搬到一起住了。整个团队被邀请过来庆祝这一盛事,当麦肯锡听说伊沃娜答应从家里出来参加晚会时,他决定也留在他们家。

大家第一番谈话的关注点在房子的装修上。安托万和马提亚斯各自的家具在一个屋檐下显得很不协调。按照马提亚斯所说,一楼客厅应该像僧侣住的地方一样朴素。安托万意见相反，他觉得一楼客厅要给人一种宾至如归的感觉。之后，大家开始帮忙搬家具。马提亚斯的独角小圆桌放在安托万的两张扶手椅之间。五比一的投票结果出来后（马提亚斯只有一票，安托万优雅地弃权），马提亚斯眼中的波斯地毯——在安托万看来产地不明——被收起来放进了花园的棚屋里。

为了让大家达成一致，麦肯锡负责接下来的改造工程。只有伊沃娜有权否定他的提议。不是因为她决定如此，而是因为每次她发表意见，事务所老板的脸就会变红，他只会说一句话：

"你说得完全没错。"

晚会结束时，一楼被重新安排妥当，就剩楼上的问题。马提亚斯觉得自己的卧室没有安托万的卧室好看。安托万不知道有什么不同，但他答应会尽快解决这一问题。

第三章 ____
逃离书店 ____

"谢谢你过来找我，我很感动。""我
也不喜欢我们吵架，你知道的。"

在兴奋的周日之后，迎来了共同生活的第一周。安托万准备的英式早餐开启了一天的生活。在大家下楼之前，他把一张便条塞在马提亚斯的杯子下，然后在围裙上擦了一下手，大喊道："如果再不下来，鸡蛋就凉了。"

"你为什么这么大声？"

安托万吓了一跳，他没有听到马提亚斯的脚步声。

"我没见过有人这么专心地烤吐司。"

"下一次你自己烤吧。"安托万把盆子递给他。

马提亚斯站起来，给自己倒了一杯咖啡。他发现了安托万的便条。

"这是什么？"他问道。

"一会儿再看，先坐下来吃吧，不然凉了。"

孩子们如龙卷风一样冲下来，打断了他们的谈话。艾米丽指向挂钟，他们上学要迟到了。

马提亚斯嘴巴里塞得满满的，他站起来，穿上外套，抓住女儿往门口走去。艾米丽接住了安托万从厨房扔来的谷物面包，背上书包，然后朝克拉伦维尔人行道走去。

在穿越老布朗普顿大街时，马提亚斯看了一眼便条。然后他停下来，拿起手机，拨了家里的电话号码。

"最晚半夜回家是什么意思？"

"那我重复一遍，规则一：不要保姆；规则二：家里不要有女人；规则三：回家最晚不超过十二点半。"

"请问我是灰姑娘吗？"

"楼梯会咯吱咯吱地响，我不想每晚被你吵醒。"

"我会脱鞋。"

"无论如何，我希望你一进门就脱鞋。"

安托万把电话挂掉。

"他到底想干吗？"艾米丽问道。

"没事，你觉得同居生活如何？"他在过马路的时候这样问女儿。

周一，马提亚斯去学校接孩子，周二轮到安托万。周三午餐时间，马提亚斯关上书店的大门，作为家长陪同艾米丽的班级去参观自然博物馆。艾米丽在两个女性朋友的帮助下才让马提亚斯从大厅里出来，那里摆着侏罗纪时代的动物仿真模型。她的父亲拒绝离开，因为电子暴龙嘴里还咬着糙牙龙。尽管老师极力反对，马提亚斯还是坚持让每个孩子坐了一次地震模拟器。华莱士夫人不准他们观看将于十二点一刻开始的投影在天幕上的"宇宙的诞生"，于是马提亚斯成功地在十二点十一分的时候摆脱了她，趁她上厕所的空当。当保安问她怎么突然间搞丢了二十四个学生时，她才明白他们在哪儿。走出博物馆，马提亚斯给她送上一块蜂窝饼，乞求原谅。老师接受了他的礼物。马提亚斯坚持再请她吃一块，这一次是裹了榛子奶油的蜂窝饼。

周四，安托万负责购物，周五又轮到马提亚斯。超市里，售货员听不懂他的问题。他寻求一个西班牙收银员的帮助，一个女客人想帮他，她应该是瑞典或者丹麦人。马提亚斯永远搞不清，但这些都无济于事。在速冻产品区，马提亚斯拿起手机，遇到编号为偶数的货柜向索菲求助，编号为奇数的货柜向伊沃娜求助。最后，他决定把清单上的"排骨"当成"鸡肉"来买。无论如何这是安托万的错——他写得不清楚。

周六下了一天的雨，大家都待在家里。周日晚上，客厅里爆发出一阵狂笑，马提亚斯在和孩子们玩耍。安托万从他的图纸里抬起头，看到他的好朋友笑成一朵花的样子。就在这时，他觉得幸福已经来到了他们身边。

周一早上，奥黛丽来到法语中学。她在跟校长谈话，她的摄像师在拍摄课间休息的院子。

贝歇朗先生说道："戴高乐将军就是在这扇窗户后面发出 6 月 18 日[1]的号召。"他指向主教学楼的白色墙面。

这所知名的戴高乐中学拥有两千多名学生，从小学到高中。校长带她参观了一些教室，邀请她参加下午的教师大会。奥黛丽欣然接受。在她的报道中，教师的发言十分重要，她要求访问几名老师。贝歇朗先生回答说，她直接去找他们就行。

每天早上，布特街都是一幅热闹的景象。货车一辆接一辆，给街上的商店送货。马提亚斯坐在书店旁的咖啡屋的露台上，一边喝卡布奇诺，一边读报纸。送孩子去上学回来的母亲们也来到了咖啡屋。在街道对面，安托万在他的办公室里，他只剩下几个小时来完成一份计划书，下午之前要交给事务所的一个大客户。另外，他还答应索菲帮她再写一封信。

一个上午马不停蹄，接下来一个下午也是排满了工作，安托万

---

[1] 译注：1940年6月18日，戴高乐在英国广播公司（BBC）宣读著名的《告法国人民书》，号召法国人民继续进行反抗德国法西斯的斗争，发起"自由法国"运动。

邀请他的老板来个午餐休息。他们走过街道来到伊沃娜的餐厅。

休息是短暂的。客人还在等，图纸还没有打印。吞下最后一口午餐，麦肯锡马上逃走了。

在门口，他大喊："再见，伊沃娜！"伊沃娜在看账本，没有抬头，回答说："是的，再见，麦肯锡。"

"你能不能让你的老板离我远点？"

"他爱上了你。我能怎么办？"

"你知道我多大年纪吗？"

"是的，但他是英国人。"

"这不能解释一切。"

她合上账本，叹了口气。

"我开了一瓶波尔多红酒，你要来一杯吗？"

"不，我想你去我那里喝。"

"我更想留在这里。这里对客人来说更舒服。"

安托万环顾四周，空无一人。伊沃娜打开酒瓶，倒了一杯递给他。

"哪里出了问题呢？"他问道。

"我不能继续这样下去，我太累了。"

"请个人给你帮忙。"

"我没有足够的客人，就算我要请人，完全可以把钥匙放在门垫下面。"

"你的大厅需要翻新一下。"

"女老板需要更新换代。"伊沃娜叹了口气,"再说哪儿来的钱?"

安托万从口袋里拿出一支自动铅笔,开始在一张纸巾上画草图。

"看,我想了很久,我们可以找到一个解决方案。"

伊沃娜的眼镜滑到了鼻尖,嘴角露出了温柔的笑容。

"你一直在想这件事?"

安托万取下吧台的电话,打给麦肯锡,让他先开会,不要等他,他会迟到一会儿。他挂了电话,回到伊沃娜的身边。

"那么,我现在跟你解释一下。"

索菲利用下午片刻的安静,来到马提亚斯这里,给他带来花园里的一束玫瑰。

"带一点女性气质不是坏事。"她把花瓶放在收银台旁。

电话响了。马提亚斯表示歉意,跑去接电话。

"我当然可以参加家长会。是的,我等你回来再睡觉。你去接孩子们吗?是的,我也亲吻你。"

马提亚斯把电话放好。她专心地看着他,然后打算离开。

"忘记我刚才说的!"她笑着说道。

她关上了书店的门。

马提亚斯迟到了。他的借口是书店人很多。当他走进学校，院子是空的。三个在走廊里谈话的老师又回到了他们各自的教室。马提亚斯沿着墙边走，踮起脚朝窗户里面看。场景很奇怪，书桌后面坐的不是学生，而是家长。第一排，一位母亲举起手想提问，一位父亲挥舞着他的手让老师看见。看来，班上的尖子生一辈子都是尖子生。

马提亚斯不知道要去哪儿。如果他缺席了路易的家长会，他会听安托万连续几个月念叨这事的。正当他着急的时候，一个年轻女人穿过了院子。马提亚斯朝她跑过去。

"女士，请问小学五年级 A 班在哪儿？"他着急地问道。

"你来得太晚了，会议刚刚结束，我刚出来。"

马提亚斯突然认出了对话人，感谢上天赐予他的机会。奥黛丽吃惊地握住他伸过来的手。

"你喜欢那本书吗？"

"《拉卡德 & 米查德：十八世纪文学》？"

"我想请您帮个大忙。我是小学五年级 B 班的家长，但是路易的父亲在办公室走不开，他要我……"

奥黛丽实在是有种说不出的魅力，马提亚斯有些口齿不清了。

"这个班水平还不错？"他低声说道。

"是的，我认为……"

谈话被一阵铃声打断了，孩子们冲到院子里。奥黛丽对马提亚斯说，她很高兴见到他。当孩子们在梧桐树下围成一团时，她走开了。他们抬起头，其中一个孩子爬上树，发现自己被困在最高的树干上。小男孩儿有些扶不稳，马提亚斯毫不犹豫冲了过去，他扶住了树干，爬了上去，消失在树叶中。

奥黛丽听到书店老板的声音：

"没事了，我抓住他了。"

小男孩儿脸色苍白，靠在树干上。马提亚斯把他放在对面的树枝上。

"好吧，我们两个都是笨蛋。"他对小男孩儿说道。

"我会被骂吗？"小男孩儿问道。

"如果你问我的意见，那就是你不会飞起来。"

过了几秒钟，树叶开始沙沙作响。一个督学出现在梯子上。

"你叫什么名字？"

"马提亚斯。"

"我在问小……"

小男孩儿叫维克多。督学把他抱了下来。

"听好了，维克多。这里有四十八级台阶，我们一起数。不要往下看，好吗？"

马提亚斯看着他们两个消失在树叶中，声音也听不到了。他独自一人，看着前方。

当督学让他下来时，他表示万分感谢。既然爬到这么高，他正好看看风景。他询问督学可否把梯子留下来。

会议刚刚结束，麦肯锡陪同客人下楼。安托万走出事务所，打开办公室的门。他在那里找到了艾米丽和路易，两个人在大厅的沙发上等他，他们的痛苦终于结束了，终于可以回家了。晚上，"妙探寻凶"和炸薯条将会弥补这段时间。艾米丽同意了这个提议，往书包里收拾东西。路易向电梯跑去。小男孩儿把电梯所有的按钮按了个遍，在参观完地下室后，他们终于来到了这栋楼的底层。

在橱窗后面，索菲看着他们走向布特街，两个孩子扯着安托万的外套。他在街对面给了她一个飞吻。

"爸爸在哪儿？"艾米丽看见关门的书店。

"在我的家长会上。"路易耸耸肩。

奥黛丽的脸出现在树叶中。

"我们跟上一次一样？"她用平静的口吻说道。

"这次更高，不是吗？"

"一样的方法，一只脚，再一只脚，永远不要往下看，答应我？"

在人生的这一瞬间，马提亚斯甚至可以答应她去摘月亮。奥黛丽继续道：

"下一次你想我们再见面的话，不需要让你自己这么难受。"

他们在二十级停了一下，然后在十级停了一下。当他的脚最终落地时，院子里已经没有人了。这时已经将近晚上八点。

奥黛丽提议陪他走到圆形广场。保安在他们身后关上了铁门。

"这一次，我太搞笑了，不是吗？"

"不是的，你很勇敢……"

"我五岁的时候，从屋顶摔下来过。"

"真的？"奥黛丽问道。

"不是真的。"

他的脸慢慢恢复了血色。她久久地看着他，什么都没说。

"我不知道怎么感谢你。"

"你刚刚已经做了。"她回答。

风让她打了个寒战。

"快回去吧，你会着凉的。"马提亚斯低声说道。

"你也会着凉的。"

她走开了。马提亚斯希望这一刻时间能停止。站在空旷的人行道上，不知道为什么，他很想她。当他叫住她时，她走了十二步。虽然她从没有向他承认，但她真的有一步步在数。

"我还有一本《拉卡德&米查德：十九世纪文学》。"

奥黛丽转过身。

"我想我饿了。"她回答。

他们装作饿坏了。然而当伊沃娜撤掉餐具时，他们的盘子还是满满的。伊沃娜从吧台偷偷瞟一眼，马提亚斯的目光落在奥黛丽的嘴唇上，看来不是她做的菜不好吃。整个晚上，他们交流彼此的喜好。比如，奥黛丽喜欢摄影，马提亚斯喜欢古旧的手稿。去年，他买到了一份圣–埃克苏佩里[1]的手写信,这可不是飞行员在出发时随便写的东西。作为收藏者,他握在手里有一份难以描述的快乐。他承认一个人在巴黎时,某些晚上,他会拿出信封,小心翼翼地打开,然后闭上眼睛,想象自己在非洲的跑道上。他听见机械师喊了一声"发动",然后爬到叶片上发动引擎。活塞轰轰作响,他只需要探出头,就能感受到风里的沙子拍打在脸上。奥黛丽对马提亚斯的幻想感同身受。一头埋在旧照片里,她穿越到 1920 年,漫步在芝加哥的街道上。在酒吧深处,她小酌一杯,身边是一个年轻的小号手,天才音乐家,同伴们称呼他"书包嘴"[2]。

夜幕降临时,她听着一张 CD,"书包嘴"带她去散步。还有的晚上,其他的摄影师带她去爵士俱乐部。她随着狂热的拉格泰姆音乐[3]跳舞,警察临检的时候就躲起来。

沉浸在爵士摄影大师威廉·克拉克斯顿的一张照片中好几个小时,她找到了一个音乐剧的素材——如此美丽、充满激情的爱情故事。感受到马提亚斯嘴里的嫉妒之情,她补充:1988 年,查特·贝克在阿姆斯特丹的酒店里从三楼摔下来死了,享年四十九岁。

伊沃娜在吧台咳了几声,餐厅已经关门了,只剩下他们这一桌。马提亚斯买单后,两个人来到布特街。他们身后的橱窗都关门了。他

---

[1] 译注:安东尼·德·圣–埃克苏佩里(Antoine de Saint–Exupéry),1900年6月29日生于法国里昂市,飞行家,作家,著有《小王子》。

[2] 译注:"书包嘴"是美国歌手阿姆斯特朗的别名,从"satchel mouth"直译而来,意指他嘴大。

[3] 译注:一种源于美国黑人乐队的早期爵士音乐。

想沿着河边散步，但天色已晚，她想回家了，明天还有一堆的工作。他们注意到，两个人整晚都没有提及个人生活，或者是他们的过去，甚至是他们的职业。他们分享了彼此的梦想和幻想。总之，第一次谈话算是不错的。他们交换了电话号码。马提亚斯把她送到南肯辛顿，然后对老师这一职业赞美不已，把一生献给孩子们，是无比慷慨的。至于家长会，他会搞定的。等安托万问他时，他就胡说一通。奥黛丽完全不明白他在说什么，但这一刻太美好了，她不想破坏这一切。他向她伸出一只笨拙的手，她在他的嘴上落下一个吻。出租车把她送往红砖巷。马提亚斯心情雀跃，往老布朗普顿走去。

当他到达克拉伦维尔时，他仿佛看到树木在风中弯腰向他打招呼。他觉得自己蠢极了，幸福得太不真实，他向树木点头示意。他走上台阶，轻轻打开门。开门的时候没什么响声，他走进了大厅。

安托万工作的地方电脑屏幕亮着。马提亚斯万分小心地脱下风衣，手里提着鞋子，朝楼梯走去。

"你知道几点了吗？"

安托万投去训斥的眼神。马提亚斯转过身，来到书房。他拿起一瓶矿泉水，喝了一口又放下，打了个大大的哈欠。

"好了，我要睡了。"他伸伸手臂，"我累死了。"

"你去哪儿？"安托万问道。

"回卧室。"马提亚斯指了一下楼上。

他收拾了一下雨衣，然后朝楼梯走去。安托万打断了他。

"怎么样？"

"还行吧，我想。"他一副不知道在谈论什么的表情。

"你见到莫奈尔夫人了吗？"

马提亚斯脸色一紧，竖起了外套领子。

"你怎么知道？"

"你去参加了家长会，不是吗？"

"当然了！"他很确定。

"那么你肯定见到了莫奈尔夫人？"

"我当然见到了莫……奈尔夫人！"

"太好了！既然你提了这个问题，因为是我要求你见她的。"安托万用平稳的语调问道。

"是的，是你让我去的。"马提亚斯松了口气，仿佛在漆黑的隧道里看到了一丝光亮。

安托万站起来，在书房里走来走去，放在背后的手让他看起来像是一位老师。

"既然你见过了我儿子的老师，那么现在请你集中注意力，做最后的一点努力……我可以要一份家长会的报告吗？"

"啊……你在等这个啊？"马提亚斯一脸无辜的表情。

安托万刚才那个眼神，让马提亚斯明白他的即兴演出快露馅了。安托万已经快无法冷静了，进攻是唯一可能的防守。

"既然我是受人所托，不要这么高傲，你到底想让我说什么？"

"老师跟你讲了什么，你可以从这个开始的……"

"他很完美！你的儿子简直太完美了，每个科目都很棒。他的老师在年初还担心他太有天赋了。这对很难对付的家长来说是恭维话。但我向你保证，路易是个优秀的学生。好了，我都跟你说了，你现在知道的跟我一样多。我很骄傲，我甚至让老师相信我是他的舅舅。你满意了吗？"

"高兴死了！"安托万重新坐下，怒气冲冲。

"你太不可思议了！我跟你说你儿子的学业很优秀，你却在摆脸色。你真是很难满足啊，我的老兄。"

安托万打开抽屉，拿出一张纸。他在马提亚斯面前晃动着那张纸。

"我真是幸福死了！我的孩子的历史、地理成绩还不到平均分，法语才十一分，数学十分，我真是太吃惊了，学校老师居然这样称赞他。"

安托万把路易的成绩单放在书桌上，让马提亚斯看。后者半信半疑，慢慢靠近，看了之后又马上放下。

"好吧，这肯定是哪儿搞错了。大人们都经常犯错误，我不明白怎么连小朋友也没躲过！"他一副义正词严的模样，"好了，我要去睡了。我觉得你很紧张，我不喜欢你这样。好好睡吧！"

这一次，马提亚斯坚定地往楼梯走去。安托万第三次叫住他。他抬起来头，然后不情愿地转过身。

"还有什么？"

"她叫什么？"

"谁？"

"那得你告诉我啊……那个让你错过了家长会的人。她至少很漂亮吧？"

"很漂亮！"马提亚斯承认了，很尴尬。

"她叫什么？"安托万坚持问道。

"奥黛丽。"

"名字也很美……奥黛丽姓什么？"

"莫奈尔……"马提亚斯叹了口气。

安托万伸长了耳朵，怕听不清刚刚马提亚斯说出的名字。他的脸上已经显露出担心的神色。

"莫奈尔？跟莫奈尔夫人一样？"

"是差不多……"马提亚斯有点不好意思。

安托万站起来，看着他的朋友，一副嘲笑的面孔。

"我要你去参加家长会，你还蛮认真的嘛！"

"是的，我知道了，我不应该跟你讲这个的。"马提亚斯越说越远。

"什么？"安托万吼道，"因为你跟我说了这件事？在要避免的蠢事清单里，你还能找到一项吗？或者你认为你都做过了？"

"听着，安托万，不要这么夸张。我一个人回来的，而且还是半夜之前。"

"因为你庆幸没有把我儿子的老师带回家来吗？好极了！谢谢，他吃早餐的时候不会见到衣衫不整的她。"

马提亚斯无法回嘴，只能逃跑。他上了二楼，他的每一步都像是在回应安托万对他的批评。

"你真是太可悲了！"他还在后面大叫。

马提亚斯举起双手，表示投降。

"行了行了，我会找到解决方案的！"

马提亚斯回到卧室，他听到安托万在楼下指责他的品位很奇怪。他关上门，躺在床上，把风衣的扣子一一解开。

安托万回到书房，按着电脑键盘上的某个键。屏幕上，一辆 F1赛车撞上了安全轨道。

凌晨三点，马提亚斯还在房间里走来走去。四点，他坐在窗户旁边的写字台后面，嘴里咬着笔。过了一会儿，他开始给莫奈尔夫人写信。六点，垃圾桶里已经有六份马提亚斯扔掉的草稿。七点，一头乱发，他重新读了一遍信，然后放进信封里。楼梯咯吱作响，艾米丽和路易下楼去厨房了。他把耳朵贴在门上，听着厨房里的动静。当他听到安托万叫孩子们准备上学时，迅速穿上一件睡袍，往一楼冲去。马提亚斯在草坪上叫住路易，把信交给他。然而，马提亚斯还没来得及向他解释这是干吗的，安托万就一把夺过信，要艾米丽和路易在前面等他们。

"这是什么？"他挥舞着信封问马提亚斯。

"分手信，这是你想要的，不是吗？"

"因为你不想亲自去？你把我们的孩子牵扯进去？"安托万把马提亚斯拉到一边低声说道。

"我想这样更好。"马提亚斯嘀咕着。

"放手吧！"安托万哈哈大笑，跑去跟孩子们会合。

上车后，他把信放进了路易的书包里。汽车开走了，马提亚斯关上了门，上楼准备。他走进浴室，露出狡黠的笑容。

花店的门刚开。索菲听出了安托万的脚步声。

"我请你去喝咖啡？"他说。

"你的脸色好差。"她在围裙上擦干手。

"你怎么了？"安托万注意到索菲手指上的黑色血渍。

"没事，一个伤口而已，但很难结疤，因为总是会碰到水。"

安托万握住她的手，撕开胶布，然后做了个怪相。不给索菲讨论的时间，他把她拉到一边，清洗了伤口，然后重新绑好。

"如果两天后还不好，我带你去看医生。"他说道。

"好吧，我们去喝咖啡。"索菲挥舞着她被包住的食指，"然后你给我讲讲到底是什么烦心事？"

她关上门，把钥匙放进口袋，然后挽着她朋友的胳膊走了。

一个客人在书店门口不耐烦地等着。马提亚斯步行来到布特街，他遇见了安托万和索菲，但是他最好的朋友根本不看他，直接走进了伊沃娜的餐厅。

"你们两个到底发生了什么？"索菲放下她加了奶油的咖啡问道。

"你长胡子了！"

"谢谢，很好笑！"

安托万拿了一张纸巾，把索菲嘴角的奶油擦干净。

"我们今天早上吵了一架！"

"老兄，同居生活，可不是每天都那么完美的！"

"你在嘲笑我吗？"安托万看到索菲掩饰不住自己的笑容。

"你们在吵什么？"

"没事，算了。"

"你要放弃，你看你糟糕的脸色……你真不想告诉我发生了什么？一个女孩儿的建议总是能帮到你，不是吗？"

安托万看着他的朋友，脸上的笑容毫无保留地展开。他从外套的口袋里掏出一个信封，递给她。

"给你，希望你会开心。"

"我总是很开心。"

"我只是按照你的要求写的。"

"是的，但你重新写过。多亏了你，我的信多了一层意义，我没法做到的。"

"你确定这个家伙配得上你吗？因为我想跟你说一件事，如果我收到这样的信，不管是出自个人意愿还是职业因素，我向你保证我会来接走你。"

索菲的脸色一沉。

"我不是这个意思。"安托万表示歉意，把她拥入怀中。

"你看啊，就像你经常说的，我不知道你们为什么不合，但这纯粹是浪费时间。拿起你的电话，打给他吧。"

安托万放下咖啡杯。

"为什么是我先开口？"他嘀咕着。

"因为如果你们都在想这个问题，那么你们会浪费一整天。"

"也许吧，但错的是他。"

"他做了什么严重的错事？"

"我可以告诉你，他做了一件蠢事，但我不光是因为这件事。"

"两个笨蛋！没有人将功补过吗？他道歉了吗？"

"从某种程度上来说，算是吧……"安托万回答，想到了马提亚斯让路易转交的信。

索菲拿起吧台上的电话，在桌子上滑过去。

"打给他吧！"

安托万把电话放好。

"我一会儿去看他。"他站起来说道。

他买了单，两个人来到了布特街。索菲拒绝回到花店，坚持要安托万去书店。

"我能为您做什么？"马提亚斯把头从书里抬起来。

"没事，我就过来看看。"

"一切都好，谢谢你了。"他一边说一边翻着书。

"没人吗？"

"连只猫都没有。怎么了？"

"我无聊了。"安托万嘀咕着。

安托万把玻璃门上的牌子翻过来，上面写着"关门"。

"过来，我带你转一圈。"

"我还以为你工作很忙。"

"别争论了！"

安托万走出书店，他坐进停在路边的车子，按了两次喇叭。

"我们去哪儿？"他上车问道。

"逃离书店。"

车子开上了皇后大门大街，穿过海德公园，朝诺丁山开去。马提亚斯找到了波特贝罗市场的入口。人行道上全是旧货商。他们来到大街上，走遍了每个位置。在一个卖旧衣服的商人那里，马提亚斯试了一件粗条纹的外套，一顶和外套一样花纹的帽子。他转过身询问安托万的意见。安托万走得远远的，觉得在他身边很尴尬。马提亚斯把衣服放回衣架上，跟女售货员说安托万没有任何品位。他们来到"电子"酒吧。两个年轻女人穿着夏天的裙子走过来。他们眼光交错，她们朝他们微微一笑，继续前行。

"我忘记了。"安托万说道。

"如果你是说忘记了钱包，不用担心，我请你。"马提亚斯拿着账单说。

"我做单亲爸爸已经六年了，我现在已经不知道要如何跟女人搭讪。有一天，我儿子让我教他如何搭讪女孩儿，我完全没法回答。我需要你。你要从头教我。"

马提亚斯一口喝掉番茄汁，把杯子放在桌上。

"首先要明白你想要什么，你甚至拒绝女人进入你的房子。"

"这个没关系！我跟你说的是如何追求女人。算了！"

"真相吗？其实我也忘了，老兄。"

"说到底，我想我从来不懂。"安托万叹气道。

"你跟卡琳娜在一起时，应该弄懂了吧？"

"卡琳娜给我生了个儿子，然后她就跑去照顾其他人的孩子了。这样算成功吗？走吧，回去工作吧。"

他们离开了露台，走上大街，肩并肩走着。

"我还想试试那件外套，你这次认真给我发表意见。"

"如果你发誓在孩子面前穿这件衣服，我愿意出钱。"

回到南肯辛顿，安托万把车子停到办公室前。他在车子里坐了好一会儿。

"昨晚我很抱歉。也许我管得太多了。"

"不，你放心，我明白你的反应。"马提亚斯尖声回答。

"你这样不真诚。"

"好吧，我不真诚！"

"我想得没错，你还在怪我。"

"好了，听着，安托万，如果你对这件事还有什么要说的，赶紧说出来,因为我要工作了!"

"我也是。"安托万走出了车子。

他走进了办公室,听到背后传来马提亚斯的声音。

"谢谢你过来找我,我很感动。"

"我也不喜欢我们吵架,你知道的。"安托万转过身说道。

"我也不喜欢。"

"不要再谈这件事了,已经过去了。"

"是的,已经过去了。"

"你今晚回来晚吗?"

"为什么这么问?"

"我答应麦肯锡带他去伊沃娜那里吃晚餐……谢谢他来我们家帮忙。如果你今晚能照看孩子,那就最好不过了。"

回到书店,马提亚斯拿起电话,打给索菲。

电话响了。索菲向客人表示歉意。

"我当然可以。"索菲回答。

"不会打扰到你吗?"马提亚斯再三确认。

"但我不喜欢跟安托万撒谎。"

"我没要你撒谎,我只是让你什么都不跟他说。"

对索菲而言,谎言和遗忘之间的界限是不明显的。但她还是答应了马提亚斯的要求。她早早关了门,答应他七点钟见面。马提亚斯挂掉电话。

第四章
爱是琐碎的

　　是不是要等到那个人走远了，我
们才会明白他在我们生命中的位置。

伊沃娜利用下午的空闲时光整理地下室的库存。她看着眼前的货架，拉贝格酒庄的葡萄酒是她最爱的葡萄酒，她把最珍贵的酒留到最好的时机再喝，但很多年来都没有遇上那样一个好时机。她的手轻轻拂过上面那层薄薄的灰尘，回味起某个五月的夜晚，曼联获得了英格兰杯冠军。突然，一阵来自胸部的疼痛击中了她。她弯下腰，喘不过气来。她扶住梯子，朝大厅爬过去。她在围裙的口袋里找到药，成功把盖子打开后，往手心倒了三颗，向喉咙送去，头朝后仰好让药片赶紧下去。

疼得要命，伊沃娜甚至坐在了地上，药物慢慢起了作用。她自言自语，如果上帝今天不要她走，她的心脏会在几分钟后平稳下来，一切都会好起来。她还有好多事情要做，她要接受来自约翰的邀请，如果他还愿意的话，之前她拒绝了无数次。尽管她很害羞，尽管她拒绝了他好多次，但她很想这个男人。是不是要等到那个人走远了，我们才会明白他在我们生命中的位置。每天中午，约翰坐在大厅里时，他有注意到他的餐盘跟其他客人的不一样吗？

他应该早就猜到了。他是个谨慎的人，跟她一样害羞，但他有直觉。伊沃娜很高兴马提亚斯接管了他的书店。当约翰说他要退休时，是她提议找一个人来接替他，让他终生奋斗的事业后继有人。然后她又发现，这对马提亚斯来说是个跟家人团聚的好机会，所以她向安托万建议，让他去说服马提亚斯。当瓦伦蒂娜宣告她想回巴黎时，她马上想象出艾米丽的结局。她不喜欢干预别人的生活，但这一次，她参与了她身边朋友们的生活。就算约翰不在身边，一切都不同，也是值得的。某一天，她会告诉他一切。

她抬起头，天花板的吊灯开始转起来，房间里每个物件都转起来，就像是一场芭蕾舞表演。突然，有股强大的力量压在她的身上。她深呼一口气，闭上眼睛，身体一侧开始颤动。她的头慢慢靠近地板，她听到耳膜里传来的心跳声，然后就什么都不知道了。

她穿着一条花裙子和一件棉衬衣。那年她七岁，父亲牵着她的手。为了让她开心，他买了两张摩天轮的票。当吊篮下来时，她从没那样幸福过。在高处，父亲一直紧紧握着她的手。他的手太神奇了。用一个简单的手势拂过这座城市的屋顶，他对她说出下面这些神奇的话语："生活属于你，如果你真的想要，那么一切对你来说皆有可能。"她就是他的骄傲，他生存的理由，他一生最美丽的作品。

他要她不要跟母亲讲，不然母亲会吃醋的。她笑了，因为她知道他爱母亲跟他爱她是一样多的。第二年春天，某个冬天的早上，她在街上跟着他后面跑。两个穿黑西装的男人来家里找他。直到十岁那年，母亲才告诉她真相。她的父亲不是去出差，而是被法国警察抓走了，再也不会回来。

被敌军占领的那几年，她住在阁楼里，幻想她的父亲逃脱出来。在那些坏蛋没留意时，他打开了锁链，摔碎了用来折磨他的刑椅。他从警察局的地下室跑出来，从一扇打开的门逃脱。在跟抵抗部队接头后，他来到了英格兰，在一个没有头衔的将军身边工作。每天早上起床时，她都会幻想父亲给她打电话。然而在她和母亲躲起来的小阁楼里，并没有电话。

二十岁那年，警察来到她家。那个时候，伊沃娜住在她工作的洗衣店楼上的单间里。她父亲的遗体在森林的一个战壕里找到了。年轻的警察非常难过地告诉她这个悲痛的消息。尸检报告表明，打破他脑袋的子弹来自法国。伊沃娜微笑着安慰警察，他搞错了，她的父亲早就死了。直到战争的最后，她一直没有父亲的消息，而他被埋在英国的某个地方。被警察抓走后，他成功逃脱，来到了伦敦。人们在死者的口袋里找到了证件，确定了他的身份。

伊沃娜拿着警察递给她的钱包，打开泛黄的证件，上面还有斑斑血迹。她摸着证件上的照片，他的笑容依旧。关上门，她用温柔的口吻说道："父亲肯定是在逃亡途中丢了证件，有人把证件偷走了，就是这么简单。"

　　等到晚上，她打开藏在钱包夹层里的信件，读完之后，放在手心里卷起来。

　　第一任丈夫去世后，伊沃娜卖掉了洗衣店——她不知道加了多少小时的班才从老板那里买来的店。工会没有一个人相信她能工作这么长时间。某个夏天的下午，她出发去加来，坐上海轮，跨过英吉利海峡，来到伦敦，随身行李只有一个箱子。她来到南肯辛顿地区一栋高层建筑的白墙前面，跪在街角的一棵树下，用手在地上挖了个洞。她把发黄的证件埋在里面，上面还有干掉的血渍，低声说道："我们到了。"

　　警察问她在干什么，她站起来，哭着回答：

　　"我把证件带给我的父亲。我们从战争开始就没见过面。"

　　伊沃娜恢复了意识，她慢慢起身，心跳恢复了正常。她爬上梯子，回到大厅，决定换条围裙。正当她系新围裙时，一个年轻的女孩儿走进来，坐在吧台旁。她要一杯酒，最烈的酒。伊沃娜看看她，给她端了一杯矿泉水，坐在她身边。

　　恩雅是去年移民过来的，她在 SOHO 酒吧找了份工作。这里的消费太高，她只能跟其他三个大学生合租，他们都是到处打零工。恩雅很久之前就不上学了。

　　雇用她的南非老板思乡情切，决定关掉酒吧。从那以后，她早上在面包店打工，中午在快餐店收银，下午在街头发传单，以此为生。没有证件，她的收入很不稳定。两周内，她失去了所有工作。

她问伊沃娜是否有机会，她做事很麻利，她害怕没工作。

"如果你想找一份正经的工作，怎么一开始就找酒喝呢？"女老板问道。

伊沃娜没法雇用任何人，但答应这个年轻的女孩儿，帮她四处打听，如果有什么机会，就告诉她。恩雅时不时过来询问消息。为了表现自己，恩雅补充说她还在洗衣店工作过。伊沃娜转过身看着她，安静了几秒钟，告诉她，找到工作之前，她可以随时过来吃东西，而且是免费的，前提是不要告诉其他人。年轻女孩儿不知道该如何感谢她，伊沃娜说没有必要，说完就回了厨房。

晚会开始时，安托万坐在大厅陪着麦肯锡，后者快要用眼睛把伊沃娜给吃了。安托万拿起手机给马提亚斯发短信：谢谢你照顾孩子们，一切都好吗？

他马上收到了回复：一切都好。孩子们吃完饭，正在刷牙，十分钟后上床睡觉。

富勒姆电影院大厅的灯光熄灭，电影开始了。马提亚斯关上手机，把手伸进奥黛丽递过来的爆米花里。

索菲打开冰箱门，看看里面还有什么。在上层架子上，她找到了红红的番茄，整整齐齐地摆成一排，在她看来就像是帝国军队的士兵一样。用包装纸包好的肉片旁边是一盘奶酪，一瓶小黄瓜，一瓶蛋黄酱。

孩子们在楼上睡觉。每个人都讲了故事，耍了小脾气。

十一点，门口的钥匙声响起。索菲转过身，看到马提亚斯在门口，顿时脸上浮现出满意的笑容。

"你回来得正好，安托万还没有回来。"

马提亚斯在门口的小托盘里放下钱包。他坐在她身边，亲吻了她的脸颊，询问晚上是否一切都好。

"比平时晚半个小时熄灯，但这是不知名的保姆的特权。路易有心事，他很不高兴，但我不知道为什么。"

"我会搞定的。"

索菲取下门口衣帽架上的围巾，系在脖子上，然后指向厨房。

"我给安托万做了盘菜，我很了解他，他肯定空着肚子回来。"

马提亚斯偷吃了一根黄瓜。索菲打了一下他的手。

"我说了，是给安托万的，你没吃饭吗？"

"没时间，看完电影我就跑回来了。我不知道电影会那么长。"

"我希望还算值得一看。"索菲调侃道。

马提亚斯看着盘子里的冻肉。

"总是有机会的！"

"你饿了吗？"

"没有，你赶紧走吧。我希望你在他回来之前离开，不然他会怀疑的。"

马提亚斯拿了一块奶酪，不是很饿，但也吃下了。

"你参观楼上了没？安托万把我这边的卧室重新布置过。你觉得新的装修如何？"他咧开嘴问道。

"对称的啊！"索菲回答。

"什么意思，对称？"

"就是说你们的房间是一模一样的，连灯罩都是一样的，太好笑了。"

"我不觉得有什么好笑的！"马提亚斯很生气。

"在这间房子里，'在你家'就是'在你家'，而不是'我住在一个朋友家'。"

索菲穿上大衣，走到街上。夜晚的凉风让她打了个寒战，她继续往前走。老布朗普顿大街上，风呼呼地刮着。一只狐狸——这个城市里有不少——陪她走了好几千米，在奥斯陆花园的栅栏影子下。回到布特街，她看到安托万的车子停在办公室门口。她的手摸过车身，抬起头，看着还亮着灯的窗户。她裹紧了围巾，继续前行。

回到几条街外的单间，索菲没有打开灯。牛仔裤滑落在腿边，她把裤子踢到一边，把毛衣扔到角落，然后倒在了床上。从天窗看出去，梧桐树的树叶在月光下闪着银光。她扭过头，把枕头垫在脑袋下，等待睡意袭来。

马提亚斯爬上台阶，把耳朵贴在路易的房间门口。

"你睡了没？"他轻轻问道。

"睡了！"小男孩儿回答。

马提亚斯拧开门把手，一束灯光射入房间，他踮着脚走进去，躺在他旁边。

"你想跟我谈谈吗？"他问道。

路易不回答。马提亚斯试着掀开被子的一角，但小朋友紧紧捏着被子不放。

"你好无聊，你知道吗？你甚至有些重！"

"你得多说点，老兄。"马提亚斯温柔地回复。

"因为你，我受了惩罚。"

"我做了什么？"

"你觉得呢？"

"因为我写给莫奈尔夫人的信？"

"你还跟其他老师写了信吗？我可以问一下，为什么你对我的老师说，她的嘴巴让你发狂？"

"她把原文告诉你了，太可恶了！"

"她很丑啊！"

"不是吧，你不能这样说！"马提亚斯争辩道。

"是吗？'企鹅'赛弗琳娜不丑吗？"

"这个赛弗琳娜是谁？"马提亚斯不安地问道。

"你是得了失忆症吗？"路易很生气地问道，把头从被子里伸出来，"是我的老师啊！"他大声喊道。

"哦，不是的……她叫作奥黛丽。"马提亚斯非常肯定地回复。

"拜托，我好歹知道自己的老师叫什么名字，好不好？"

马提亚斯愣住了，而路易很好奇这个奥黛丽是谁。

他的教父用嘶哑的声音向他描绘那个年轻女人的外貌。路易看着他，崩溃了。

"你搞错了，她是在我们学校报道的记者。"

路易接下来没说什么，马提亚斯说道："该死！"

"是的，你把我们牵扯进去。我讨厌你！"

马提亚斯提议帮路易手抄一百遍"我再也不把粗俗的信件交给老师"这句话，他还可以在最下面伪造安托万的签名。作为交换，路易不要把这件事说出去。小男孩儿思考过后觉得这笔买卖不划算。如果他的教父能够再加两本《卡尔文与霍布斯虎》[1]系列的新书，他会考虑一下。协议在十一点半达成，马提亚斯离开了房间。

正好是溜进被窝的时间。安托万回家上楼，看到门缝透出的灯光，他敲门进去。

---

[1] 译注：美国漫画家比尔·沃特森（Bill Watterson）创作了系列连环漫画《卡尔文与霍布斯虎》。该漫画描述了勇于冒险的六岁早熟男孩儿卡尔文和他的布老虎霍布斯的幽默滑稽故事，饱含了对现实及哲学问题的睿智思考。

"谢谢那盘菜。"安托万很感动。

"不用谢。"马提亚斯打着哈欠回答。

"不想给你添麻烦，我跟你说过了我跟麦肯锡吃饭。"

"我忘记了。"

"还好吗？"安托万在试探他的朋友。

"好极了！"

"你看起来很奇怪。"

"累了而已。我等你的时候困死了。"

安托万询问孩子们是否一切都好。

马提亚斯说索菲来拜访过他，他们一起度过了一晚。

"是吗？"安托万问道。

"不会打扰到你？"

"不啊，怎么会？"

"不知道，你看起来很奇怪。"

"所以一切都还好？"安托万坚持问道。

马提亚斯建议他小声说话，孩子们都睡了。安托万祝他晚安，然后离开了。三十秒后，安托万打开门，建议他的朋友脱掉雨衣再睡，今晚不会再下雨了。马提亚斯吃惊地看着他。安托万补充说他的衣领露在被子外面，然后关上门，不予评价。

安托万走进餐厅，胳膊下夹着装满图纸的盒子。麦肯锡跟在他的身后，推着一个木制的三脚架，然后把架子放在餐厅的中间。

伊沃娜被邀请坐在桌子旁，等着见证餐厅和酒吧的改造。事务所的老板把草图放在三脚架上，安托万开始解释细节。

麦肯锡很高兴发现了吸引伊沃娜注意力的方法，他把画板依次摆开，跑过来坐在她旁边，一会儿向她展示灯具目录，一会儿向她介绍颜色的样板。

伊沃娜很感动，尽管安托万没有给她报价，她大概推测出这次改造肯定大大超过她的预算。展示结束，她非常感谢他们两个的工作，让麦肯锡留下安托万，她需要跟他一对一谈谈。麦肯锡经常缺乏现实感，他得出结论：伊沃娜被他的创造力震撼，当然需要跟她的朋友谈谈。

他知道伊沃娜和安托万之间关系密切，于是他拿上三脚架和图纸离开，第一次在角落的柜台撞了一下，第二次又在壁炉那里磕了一下。大厅里恢复安静，伊沃娜把双手放在安托万的手上。麦肯锡在橱窗后面观察这一幕，他踮着脚，看到伊沃娜的眼神后突然跪了下来……事情进展得不错！

"你们的设计太出色了！我不知道该说什么。"

"你只需要告诉我'这个周末可以开工'。"安托万回答，"我会安排好，让你不用在平时关门。工人们周六上午就开工，周日晚上可以完成。"

"亲爱的安托万，我没有钱支付这些费用啊。"她怯声说道。

安托万换了把椅子，坐在她身边。他解释说他们办公室的地下室堆满了油画，还有从工地上回收的杂七杂八的材料。麦肯锡是根据这些堆不下的库存来设计餐厅的，带点巴洛克式风格，特别适合这家餐厅。当他补充说，她没有意识到她是在帮忙清理库存时，伊沃娜的眼睛模糊了。安托万把她拥入怀中。

"好了，伊沃娜，你会让我哭的。这跟钱没有任何关系，这只是幸福。你还有我们大家的幸福。最快可以从新装修中获益的，是每天中午在这里吃饭的我们。"

她擦干了脸，责怪他让她像个小女孩儿一样哭了。

"你是说，麦肯锡在他那个全新目录上展示的炫目灯具也是回收来的？"

"那是供应商给的样品。"安托万回答。

"你的谎言太糟糕！"

伊沃娜答应会考虑一下。安托万一再坚持，他已经帮她想好了，过几周就可以开工。

"安托万，你为什么做这些？"

"因为这让我开心。"

伊沃娜久久凝视着他，叹了口气：

"你难道没有厌倦照顾别人吗？你什么时候才会想到自己？"

"当我完全放下重担的时候。"

伊沃娜握住他的手。

"你在想什么？安托万，你帮助其他人，他们就会感激你？就算你让我付工钱，我也不会少爱你啊。"

"我认识一些人，他们去很远的地方做善事，而我试着尽我所能去照顾我身边的人。"

"你是个好人，安托万，不要因为卡琳娜走了就惩罚你自己。"

伊沃娜站了起来。

"我如果答应你的计划，你要给我一份报价！明白吗？"

索菲来到人行道倒水，吃惊地看到麦肯锡跪在伊沃娜餐厅的橱窗外面，问他是否需要帮助。事务所的老板马上跳起来，安慰她没事，他的鞋带散了，现在系好了。索菲看了一眼他的无带软底便鞋，耸了耸肩，然后走了。

麦肯锡回到大厅，有点担心他给伊沃娜看的那些灯具。

伊沃娜朝天看了一眼，然后走进了厨房。

男人的指甲缝是黑的，他呼出来的是白天吃过的薯条和鱼的哈喇子味。在脏兮兮的柜台后面，他猥琐的眼神紧紧盯着《太阳报》的第二页。报纸上，一个不知名的美女几乎全裸，摆着一个暧昧的姿势。

恩雅推开门，走到他身边。他没有抬起头，只是用粗鲁的声音询问她希望住上几个小时。年轻女人询问一周的租金，她没有那么多钱，但她可以按日支付房租。男人放下报纸，看着她。她看起来身材不错。他解释说他的旅馆不提供这种服务，但是可以为了她网开一面……换个方式，总是可以解决的。当他把手放在她的脖子上时，她给了他一个耳光。

恩雅一直走着，肩膀很沉重，对这个城市充满怨恨。今天早上，她的房东把她赶了出来，她已经一个月没有付房租了。

一个人寂寞的夜晚是常见的。她回想起小时候，滚烫且细腻的沙子从她的指缝滑过。

恩雅的命运真的很好笑。她的青少年时期什么都缺，她曾经幻想着某一天，就那么一次，了解所谓"过多"是个什么概念。如今，她明白了过多的寂寞是怎么回事。

她朝人行道走去，看到飞速驶来的双层巴士。路面是潮湿的，只需要一步，一小步。她深呼一口气，然后朝前一步。

一只手抓住了她的胳膊，然后把她拖了回来。拉住她手臂的男人看起来很有绅士风度。恩雅全身都在颤抖，就像是发高烧时那样。车子停在路边，司机什么都没看到。男人跟她一起走到路边。他们穿越了整个城市，一言不发。他请她吃饭、喝茶。他们坐在一家英式俱乐部的烟囱旁，他花了很长时间听完她的故事。

他们分开时，他没有让她感谢他。这个城市应该多关注过街的行人。伦敦跟欧洲其他地方的车行方向是相反的，如果大家都注意点，很多事故可以避免。恩雅笑出声来，询问他的名字。他回答说，她可以在他的大衣口袋里找到他的名片，他很乐意把大衣送给她。恩雅拒绝了，但他坚持说是恩雅帮了他大忙。这一次轮到他来分享一个秘密。他很讨厌这件大衣，但他的夫人很喜欢，他很蠢地把衣服忘在了挂衣架上……他的夫人很快就会原谅他。他希望恩雅能保守这个秘密。男人很快就神秘消失了。晚些时候，她把手伸进大衣口袋，没有找到他的名片。但里面有几张纸币，可以让她凑合睡上几夜好觉。在那之前，她还有时间想办法走出困境。

马提亚斯先是陪着一位客人，然后跑到柜台接电话。

"法语书店，您好？"

马提亚斯让客人讲慢点，他听不太懂。男人有点生气，一字一句重复了一遍，让马提亚斯听懂。男人想订购十七册完整的《拉鲁斯百科词典》，给他的孙子们每人送一本词典，让他们学法语。

马提亚斯恭喜他，这是个很棒、很慷慨的想法。客人询问马提亚斯是否能下单，他下午就可以结账。马提亚斯高兴坏了，拿出一支笔和一张纸，写下他迄今为止最大客户的联系方式。

一句话中马提亚斯最多能听懂两个音，他没法辨别这个奇怪的口音。

"你希望把货送到哪里？"他非常恭敬地问道。

"你的屁股！"安托万狂笑。

安托万在办公室笑弯了腰，难以向他的同事掩饰，眼泪都笑了出来。整个团队都看着他。在街道的另一边，马提亚斯也笑弯了腰，试图找回呼吸。

"我们今晚带孩子们去餐厅吃饭？"安托万笑岔了气。

马提亚斯站直了，擦了一下眼睛。

"我忙疯了，要晚点回。"

"你撒谎，我在办公室看得到你，书店里连只猫都没有。好吧，我去学校接孩子们，今晚我做饭，然后我们一起看电影。"。

书店的门打开了，马提亚斯认出了克洛维先生。他放下听筒，前去迎接。他的房东环顾四周，书架上堆得满满的，木梯子也打了蜡。

"干得好，波皮诺。"他向他打招呼，"我只是路过，我一点都不想打扰你。你现在就是在自己家里。我过来办点事，突然有点怀旧，所以来看看你。"

"克洛维先生，不要再叫我'波皮诺'。"

老店长看了一眼入口旁边的雨伞架，很可惜是空的。他很熟练地把自己的伞放了进去。

"送给你的，祝你天天开心，波皮诺。"

克洛维先生离开了书店。他看见阳光穿过云层洒下来，布特街的人行道在发光。真是美好的一天。

马提亚斯听到安托万在电话里吼叫。他拿起了电话。

"你做你的贝壳面吧，我会安排的。你去接孩子们，我晚点回家。"

马提亚斯挂了电话，看了一下表，拿起电话打给一位等候已久的女记者。

奥黛丽在皇家阿尔贝特大厅正门耐心等待着，今晚将会举行一场音乐会。她拿了两张票，在大厅的正中，最好的位置。贴身的雨衣下，她穿着一条黑色裙子，简约又高雅。

安托万跟两个孩子一起经过书店。马提亚斯装作很忙的样子，等他们走过，他马上冲到街上看是否还有人。他关上门，然后往相反的方向冲去。他从南肯辛顿地铁出口出来后就跳上一辆出租车，把约会地址递给司机。他给奥黛丽打电话，但是她没接。

肯辛顿高街的交通异常繁忙，出租车从皇后大门大街开始龟速前进。司机友情提醒他的乘客，皇家阿尔贝特大厅要举行一场音乐会，应该是这个原因引起的堵车。马提亚斯回答他也是这么想的，确切地说，他意识到了这点。马提亚斯决定提前下车，剩下的路步行前往。他尽可能跑得飞快，气喘吁吁地来到入口处。大厅的中央空荡荡的，只有几个检票员还在原地，其中一个通知他演出已经开始了。马提亚斯借助手势解释陪他一起来的人已经进场了。但没用，没票就不能进。

一个会讲法语的节目单销售员来帮他。今晚正好恩雅顶班。她告诉他音乐会将近午夜才会结束。他买了一份节目单表示谢意。

沮丧的马提亚斯决定回家。在街上，他认出了之前送他来的那辆出租车。他举起手来，但是车子径直向前开走了。他给奥黛丽发了条短信，笨拙地表达了歉意。当雨落下的时候他再也无法保持冷静，然后浑身湿漉漉地回到家。

艾米丽从沙发上站起来拥抱她的父亲。

"你把雨衣脱掉吧，地板都湿了。"安托万在厨房里说道。

"晚上好。"一脸阴郁的马提亚斯回答。

他拿起一块布，擦干头发。安托万翻了个白眼。不想闹事的马提亚斯朝孩子们走去。

"吃饭了！"安托万说道。

大家坐在餐桌旁。马提亚斯看着盛满米饭的锅。

"不是说吃贝壳面吗？"

"是的，八点半我们说过吃贝壳面，但是九点一刻的时候它们烧煳了。"

路易来到马提亚斯的耳边，询问他是否可以不要在他的父亲做贝壳面的时候迟到，他害怕极了。马提亚斯咬紧嘴唇免得笑出声。

"冰箱里有什么？"

"一整条三文鱼，但是要煮。"

马提亚斯吹着口哨，打开了冰箱。

"你有保鲜袋吗？"

一脸疑惑的安托万指了指上方的架子。马提亚斯把三文鱼放在工作台上，先调味，然后装进塑料袋中，拉紧封口。他打开洗碗机，把包装好的鱼放在中间的玻璃篮子里，然后关上。他按下开关，去水龙头洗手。

"十分钟就好。"

十分钟后，在安托万吃惊的眼神中，马提亚斯打开了洗碗机，从里面拿出了煮好的三文鱼。

TV5 欧洲频道在放映《虎口脱险》，马提亚斯把椅子转过来看电影。安托万拿起遥控器，关掉了电视机。

"吃饭时不看电视，不然大家都不说话了！"

马提亚斯双手交叉，看着他的朋友。

"我听着！"

沉静了几分钟。马提亚斯不想掩饰他高兴的表情，重新拿起遥控器，打开了电视机。晚餐结束后，大家都坐在沙发上，除了安托万……他在收拾厨房。

"你哄孩子们睡觉？"他一边擦盘子一边问道。

"我们看完了就上楼。"马提亚斯回答。

"这部电影我看了一百三十二遍，还有一个小时才完，时间不早了，你下次要早点回来。你想干什么随便，但是路易要睡觉了。"

艾米丽比同龄人要更加成熟和敏感，看着这两个大人一晚上都在争执，她决定跟路易同时上床睡觉。于是团结的力量驱使她牵起小伙伴的手，然后爬上了二楼。

"你真是太讨厌了！"马提亚斯看着他们走进了房间。

他也上楼，留下安托万一个人。

马提亚斯十分钟后下楼。

"刷了牙，洗了手，我没洗耳朵，等你检查工作！"

安托万朝他走来。

"我们必须在孩子面前统一阵线。"他用讨好的口吻道。

马提亚斯不回答，他从外套的口袋里拿出一根烟，然后打燃了打火机。

"你在干吗？"安托万问道。

"基度山伯爵特别版二号，不好意思，我只剩一根了。"

安托万表示不屑。

"规则四，不要在家里抽烟。"安托万闻了一下披风。

马提亚斯夺回安托万手里的雪茄，然后气愤地走出大厅，来到花园里。安托万则朝反方向走去，坐在办公桌前，打开电脑，叹了口气，然后又来到马提亚斯身边。当他们并肩坐在长凳上时，马提亚斯差点脱口而出，他终于明白为什么路易的母亲要跑到那么远的非洲生活。但是两个男人之间的友谊让他没有说出口，他们要保护对方。

"你说得对，我想我是很让人讨厌。"安托万说道，"但我管不住我自己。"

"你说要我教你学会生活，记得吗？那么从放松自我开始。你太关注不存在的事情了。就算路易今晚不睡又会怎样？"

"明天在学校，他会困死。"

"然后呢？你不觉得这样美好的童年记忆抵得过世界上所有的历史课？"

安托万看着马提亚斯，一副了然的表情。他拿过他手里的雪茄，点燃后深呼一口。

"你的车钥匙在吗？"马提亚斯问道。

"怎么了？"

"车没停好，你会被开罚单。"

"我明早很早出发。"

"把钥匙给我，我去找个好地方。"马提亚斯伸出手。

"我跟你说过晚上不用担心……"

"我跟你说今晚你没有权利再说'不'了。"

安托万把车钥匙给了他的朋友。马提亚斯拍了拍他的肩膀，然后走了。

等到一个人的时候，安托万又抽了一口雪茄，红色的烟头熄灭了。一场暴风雨即将来临。

座位上空无一人。奥黛丽来到主干道，向后台的安保人员出示媒体证件。男人验证了她的身份，她有预约过，于是让她进去了。

车子的雨刷追赶着绵绵细雨。马提亚斯开回刚才出租车的路线，来到了皇后大门大街，跟在其他车的后面。他停在皇家阿尔贝特大厅的人行道上，然后跑上台阶。

安托万把头探出窗户。街上还有两个空的停车位，一个就在家门口，还有一个比较远。一脸狐疑的安托万关了灯，准备睡觉。

剧院周围空荡荡的，人群都散掉了。一对夫妻向马提亚斯确认说演出在半小时前就结束了。他回到车里，发现玻璃窗上贴了张罚单。他听到奥黛丽的声音，然后转过身。

穿着晚礼服的她美极了，陪同她的男性大概五十来岁，身形美好。她向马提亚斯介绍阿尔弗雷德，他们两个很高兴他能加入他们的夜宵。他们要去营业到很晚的"运气"小酒馆。奥黛丽想走路过去，她建议马提亚斯先开车过去，最后一轮服务的桌子很满，还要排队。大家轮流来排队，她之前排队领了票。

夜宵最后，马提亚斯对福音赞美诗有了更深入的了解，还有阿尔弗雷德作为演出经理的工作经历。这位歌手感谢马提亚斯邀请了他。"这没什么。"奥黛丽代替他回答，"他在演出中享受到了。"阿尔弗雷德跟他们告别，他必须离开了，明天他要去都柏林演出。

马提亚斯等待街角的出租车掉头。他发觉奥黛丽很安静。

"我很累，马提亚斯，我要穿过整个伦敦，谢谢你的夜宵。"

"我至少可以送你回去。"

"开车去红砖巷？"

整个路上，对话都是奥黛丽的指示，"右边""左边""一直走""你走错了边"。车子停在一栋红色砖墙的房子前。

"之前很抱歉，我遇上了堵车。"

"我没有责怪你。"奥黛丽说道。

"无论如何，今晚或多或少……"马提亚斯笑着说道，"你在吃夜宵的时候没怎么跟我说话。那个自恋的歌手，你对他的话并不感兴趣，你光顾着喝酒。至于我嘛，我感觉回到了十四岁，一整晚都如此。"

"那么你是在嫉妒吗？"奥黛丽调侃道。

他们互相看着对方，脸越来越近，两张嘴巴贴在了一起。她低下头，把头放在马提亚斯的肩膀上。他抚摸了她的脸颊，然后把她拥入怀中。

"你能找到回家的路吗？"她问道。

"答应我，如果我被抓了，记得来接我。"

"走吧，我明天给你打电话。"

"我没法走，你还在车子里。"马提亚斯紧紧握住奥黛丽的手。

　　她打开车门，微笑着走远。她的身影消失在红色房子的花园里。马提亚斯开车回市中心，又开始下雨。从东到西，从北到南，走遍整个伦敦后，他发现自己已经两次经过了皮卡迪利马戏团，在大理石拱门前掉头，居然又回到了泰晤士河。两点半时，他给了一位出租车司机二十先令，让他带路回南肯辛顿。有了向导，他终于到达目的地，将近凌晨三点。

第五章 ____
说出口的话 ____

"人身上总有惰性。向后一步，又向前一步。我们混淆了借口和托词，我们给了对方若干个'为什么禁止活在当下'的理由。"

早餐桌上放着谷物面包和果酱。路易模仿爸爸的姿势看报纸，艾米丽在复习历史课，今天上午她有个小测试。她抬起头，看到路易戴着马提亚斯偶尔会用的眼镜，打了个响指，扔给他一个小面包。楼上的门开了，艾米丽从凳子上跳起来，打开冰箱，拿了一瓶橙汁。她倒了一大杯橙汁，放在安托万的盘子里，然后拿起咖啡杯装满了一杯。路易放下杂志来帮忙，他把两片面包放在面包机里，按下按钮。两个人回到桌子旁，仿佛什么都没有发生。

安托万下了楼，看起来一脸疲态。他环顾四周，对孩子们准备早餐表示感谢。

"不是我们，是爸爸，他刚上去洗澡。"艾米丽说道。

安托万很惊讶，拿起吐司坐在餐桌旁。马提亚斯十分钟后下来了，他建议艾米丽动作快点。小女孩儿拥抱了安托万，然后拿起门口的书包。

"你想让我送路易吗？"马提亚斯问道。

"如果你想的话，因为我完全不知道我的车停在哪里。"

马提亚斯翻了翻口袋，把钥匙和罚单放在了桌上。

"抱歉，昨天我很晚才到，你被贴了罚单。"

他示意路易快点，然后跟孩子们一起出了门。安托万拿起了罚单认真研究。

一张凌晨一点二十五分在肯辛顿高街消防禁停区的罚单。

他站起来准备再喝一杯咖啡，看了一眼烤箱上方钟表的时间，然后跑上楼准备出门。

"考试不紧张吧？"马提亚斯在院子里问他的女儿。

"她还是我？"路易狡猾地插嘴。

艾米丽点点头让父亲放心。她在篮球场的白线处停下来。红线不再代表篮筐区，从那里开始，她父亲必须放她自由。她的同学在院子里等她。马提亚斯看到真正的莫奈尔夫人靠在一棵树上。

"我们这个周末复习得很好，你给我拿第一名啊。"马提亚斯鼓励她。

艾米丽站在父亲面前。

"这不是 F1 比赛，爸爸！"

"我知道……但还是尽量拿奖好吗？"

小女孩儿跟路易一起走远了，留下马提亚斯一人孤零零地站在院子中央。他看见她消失在教室的门后面，然后担心地离开了。

他来到布特街，看到安托万坐在咖啡店的露台，他走过去坐在他身边。

"你认为她要参加班长竞选吗？"马提亚斯喝了一口安托万的卡布奇诺。

"这个取决于你是否想让她出现在市政议员的名单上，反正我不赞同兼职。"

"你们俩就不能等到假期再吵架吗？"索菲好心劝解，坐在他们身边。

"没人在吵架啊。"安托万回复。

布特街热闹起来。三个人享受着这一切，一边品尝早餐，一边吐槽路人。

索菲要先行离开，有两个客人在门口等着她。

"我要走了，我得去开书店了。"马提亚斯站起来，"不要碰账单，是我请客。"

"你有了其他人？"安托万问道。

"你可以解释一下'其他人'是什么意思？我向你保证你让我很担心。"

安托万拿走马提亚斯手里的账单，递给他之前放在厨房的那张罚单。

"算了，忘了吧，太好笑了。"安托万悲哀地说道。

"昨晚我需要透透气，家里的气氛有点沉重。到底出了什么事呢？安托万，你的脸色比昨天还难看。"

"我收到卡琳娜的一封信，她说她不能在复活节假期陪儿子。最糟糕的是她让我向路易解释她没有办法，我甚至不知道怎么告诉他这个消息。"

"你对她说了什么？"

"卡琳娜在拯救世界，我能对她说什么？路易会崩溃的，我得搞定这件事。"安托万的声音是颤抖的。

马提亚斯重新坐到安托万旁边。他把手放在他的肩膀上，抱紧了他。

"我有个想法。"他说道，"复活节假期，我们带孩子们去苏格兰找幽灵好吗？我在一篇游记上看到的，可以参观闹鬼的古堡。"

"你不觉得他们年纪还小？他们会不会害怕？"

"你才会害怕。"

"你的书店走得开？"

"学校放假期间客人很少。我关门五天，又不是世界末日。"

"你就这么了解你的客人？你以前从没在这个时间段来过伦敦。"

"我就是知道。我负责机票和酒店。今晚，你向孩子们宣布这个消息。"

他看着安托万，他的安慰起了效果，安托万笑了出来。

"啊！我忘了一个重要的细节。如果我们真的遇到了幽灵，你出面吧，我的英语还不到家！一会儿见！"

马提亚斯把账单放在桌上，朝书店走去。

晚餐的时候，在马提亚斯神秘的眼神下，安托万向孩子们宣布假期的目的地。艾米丽和路易高兴坏了，开始准备物品清单，来应对各种可能的危险。整晚的重点是安托万在他们面前放了两台照相机，每一台都配了闪光灯，可以照亮扮幽灵的白布。

孩子们都睡了。安托万走进儿子的卧室，躺在他身旁。

安托万很尴尬，他必须告诉孩子这个困扰他的坏消息：妈妈不能跟他们一起去苏格兰。他曾经想什么都不说、都不管，真相就是她非常害怕幽灵，不应该强迫她去这样的旅行。路易思考了一会儿，同意说："的确不应该。"于是，两个人互相原谅对方。这一次他们抛弃妈妈去旅行，之后八月份，再陪妈妈在海边度过一个月。安托万讲了睡前故事，直到小男孩儿均匀的呼吸声缓缓响起。他以为儿子睡着了，于是踮着脚离开。

正当安托万轻轻关门时，他听到儿子轻声问道："八月份的时候，妈妈真的可以从非洲回来吗？"

马提亚斯和安托万同居的日子飞逝而过，孩子们每天都在倒数去苏格兰古堡的日子，时间在他们看来过得很慢。同一屋檐下的生活逐渐安定下来。尽管马提亚斯经常晚上出去，在院子里透气时，他的手机总是贴在耳朵上。安托万也没有闭口不提那个问题。

周六这天春意盎然，大家决定去海德公园的湖边散步。索菲也加入了他们，她试图驯服一只苍鹭，但没成功。她一接近，苍鹭就飞走了，她一走开，它就回来了。把孩子们乐坏了。

艾米丽把掰碎的饼干屑扔给加拿大鹅吃。路易则追赶着鸳鸯，帮助它们解决消化不良的问题。散步期间，索菲和安托万肩并肩，马提亚斯紧随其后。

"那么，文人，他现在怎么想？"安托万问道。

"这很复杂。"索菲回答。

"你见过简单的爱情故事吗？你可以向我坦白，你知道的，你是我最好的女性朋友。他结婚了吗？"

"离婚了！"

"那么他还在犹豫什么？"

"他的过去，我猜的话。"

"人身上总有惰性。向后一步，又向前一步。我们混淆了借口和托词，我们给了对方若干个'为什么禁止活在当下'的理由。"

"从你口中说出这句话不是太苛刻了吗？"索菲反驳。

"我觉得你不公平。我从事我热爱的事业，我养育我的儿子，他母亲已经离开了五年，我觉得我该做的都做了，为了从过去走出来。"

"跟你最好的朋友同居，还是跟海绵谈恋爱？"索菲笑着说道。

"别说了，不要小题大做。"

"你是我最好的朋友，那么我就有权利说。看着我的眼睛，你敢告诉我如果你的厨房没有收拾好，你能安心入睡吗？"

安托万拨动了索菲的头发。

"你真是个坏女人！"

"不，但你是名副其实的变态。"

马提亚斯放慢了脚步，在确定了距离适中之后，他把手机藏在手心，然后发送了一条短信。

索菲挂在安托万的肩膀上。

"等三十秒，马提亚斯就会跟上来。"

"你在说什么？他在吃醋吗？"

"我们的友谊？当然了。"索菲继续道，"你没注意到吗？他在巴黎的时候，晚上给我打电话询问你的消息……"

"他晚上给你打电话询问我的消息？"安托万打断了她。

"是的，一周两三次。我跟你说，当他打电话询问你的消息……"

"他真的每两天给你打次电话？"安托万再次打断她。

"我可以先把话说完吗？"

安托万点点头。索菲继续说道：

"如果我回复他说'我不能跟他讲话，因为我正在跟你通话'，他会每隔十分钟打来一次，想知道我们到底挂电话了没。"

"这也太荒唐了吧，你确定你说的是真的？"

"你不相信我？如果我把头放在你的肩上，我保证他两秒钟内会跟上来。"

"这也太荒唐了。"安托万嘀咕着，"他为什么会对我们的友谊吃醋呢？"

"因为借助友谊的名号，我们可以是专属对方的。你完全有道理，这也太荒唐了。"

安托万轻轻敲掉鞋底的泥巴。

"你觉得他在伦敦有别人？"

"你是说心理医生？"

"不……一个女人！"

"他什么都没说！"

"他什么都没说，还是你不想承认他告诉过你一些事。"

"无论如何，如果他遇见一个人；这总归是好消息，不是吗？"

"当然了，我简直太为他开心了。"

索菲沮丧地看着他。他们来到一个流动的小商贩前。路易和艾米丽要了冰激凌，安托万要了一份薄饼，索菲要了一份蜂窝饼。安托万想找马提亚斯。他走在后面，眼睛盯着手机屏幕。

"把你的头放在我肩膀上。"他转过身对索菲说道。

她笑了，按照安托万的要求去做。

马提亚斯以一副神气的姿态出现在他们面前。

"好吧，我看大家也完全不需要我待在这里。我让你们俩安静一会儿！如果孩子们打扰到你们，不要犹豫，把他们扔到湖里去。我去工作了，至少还有点存在感。"

"你周六下午要工作？你的书店关门了。"安托万问道。

"有个旧书拍卖会，我今天早上在报纸上看到。"

"你现在开始卖旧书了吗？"

"听着，安托万，如果有一天佳士得拍卖行拍卖旧的角尺或者圆规，我给你画幅画！如果不出意外，今晚我也不回来吃饭，我估计会待到午夜。"

马提亚斯拥抱了他的女儿，跟路易打了个招呼，甚至没跟索菲告别就一溜烟儿跑了。

"我们是不是猜中了什么事情？"索菲一副胜利者的表情。

马提亚斯跑着穿过公园。他从海德公园的角落出去，叫了一辆出租车，用结结巴巴的英文告诉司机目的地。白金汉宫的卫兵在院子里换岗。每个周末，宫殿周围的交通都被女王的士兵队列堵个水泄不通。

一排骑兵步行走上鸟笼大道。马提亚斯很不耐烦地用手拍打着门。

"先生，这是一辆出租车，不是一匹马。"司机不耐烦地看了一眼后视镜。

天空衬托出议会大厦高浮雕的轮廓。看着连续不断的车流一直延伸到威斯敏斯特大桥，马提亚斯觉得自己肯定会迟到的。之前奥黛丽回复他的短信，答应他在大本钟见。她明确说她只等半个小时，多一秒都不等。

"这是唯一一条路吗？"马提亚斯恳求道。

"这是最美的一条路。"司机回答，他来到了圣詹姆斯公园的花间小道。

既然提到了花，马提亚斯承认他跟恋人有个约会，每一秒都很紧张。如果他迟到了，他会失去一切。

司机马上掉头，在部长区的大街小巷里穿来穿去，终于到了目的地。大本钟刚刚敲响三点，马提亚斯只迟到了五分钟。他用慷慨的小费对司机表示感谢，然后三步并作两步跑到河边。奥黛丽在一张长凳上等他。她站起来，跳进了他的怀里。一对路人看着他们抱成一团，笑了。

"你不是应该跟你的朋友们度过一天吗？"

"是的，但我不想。我只想看你，我今天下午回到了十五岁。"

"这个年纪很适合你。"她抱住了他。

"你今天不工作吗？"

"很不幸，是要工作……我们只有半个小时。"

她在伦敦采访，雇用她的电视台要她再做一个关于这个城市主要景点的报道。

"我的摄像师接了紧急任务，去拍奥运会的选址。我得一个人搞定，至少要拍十个场景。我甚至不知道从哪儿开始，而且周一上午就得交。"

马提亚斯在她耳边絮叨他刚刚想到的主意。他提起脚边的摄像机，然后牵着奥黛丽的手。

"你向我保证你真的会摄像吗？"

"如果你看过我假期拍的片子，你会大吃一惊的。"

"你了解这个城市吗？"

"我在这里生活！"

马提亚斯坚信他可以指望伦敦的出租车司机，而他自己可以胜任今天下午的角色，即导游、记者、摄像师。

根据就近原则，应该先从泰晤士河壮丽的景色开始拍摄，还有它上方那座色彩斑斓的桥。泰晤士河沿岸有很多建筑物，现代建筑的成果完美地融合到都市风景中。欧洲有很多比伦敦年轻的城市，但是伦敦在不到二十年的时间内恢复到没有争议的年轻状态。奥黛丽想拍女王宫殿的景色，但是马提亚斯坚持说要相信他的经验：周六的白金汉宫是没法拍摄的。离他们两不远，几个法国游客在讨论是去泰特美术馆还是巴特西电站（在平克·弗洛伊德[1]的专辑封面上出现过的四个高耸入云的烟囱，就在巴特西电站）。

他们其中最年长的那位打开导游手册，大声描绘这个景点的特色。马提亚斯伸长了耳朵，偷偷靠近那个团体。奥黛丽走到一边，跟她的制片人通电话。这群法国游客很担心这个突然出现的男人，他们害怕他是小偷，于是走远了。这时，奥黛丽挂了电话。

"我有个关于我们未来的、很重要的问题问你，你喜欢平克·弗洛伊德吗？"马提亚斯问道。

"是的，但这个跟我们的未来有什么关系？"奥黛丽回答。

---

[1] 译注：平克·弗洛伊德（Pink Floyd）是一支成立于伦敦的英国摇滚乐队。

马提亚斯拿起摄像机，宣告他们下一站将是泰晤士河的上游。

回到了大本钟脚下，马提亚斯把他听到的解说词一字一句重复给奥黛丽："吉尔伯特·斯科特爵士设计了这座建筑物，他还是伦敦街头红色电话亭的设计师。"

马提亚斯把摄像机扛在肩上，解释说："巴特西电站于1929年开始施工，花了十年才竣工。"奥黛丽对马提亚斯的博学表示吃惊。他向她保证她会喜欢他选的新目的地。

穿过广场，他向朝他走过来的法国旅行团招手，朝其中最年长的使了个眼色。过了一会儿，出租车把他们带到了泰特美术馆。

马提亚斯的选择是正确的，这是奥黛丽第五次参观这个博物馆。这里是英国现代艺术品最大的集中地，她永远不会忘记这里，她几乎认识这里的每一个角落。在入口处，保安让他们把摄像器材放在衣帽架处。奥黛丽牵着马提亚斯的手，带他上楼。电梯把他们带到了一个展厅，那里展出的是加拿大摄影师杰夫·沃尔的作品。奥黛丽直接去了七号展厅，来到一幅比例为三乘以四的相框前。

"你看。"奥黛丽一副惊喜的表情。

在这张巨幅照片上，一个路人拿在手里的稿子被风吹跑了，后面一个男人看着一张张纸从他头顶飞速飘过。那些手稿飞舞的路径就像是一只鸟儿飞行的弧线。

奥黛丽看到马提亚斯眼里的激动之情，能跟他分享这个时刻，她觉得很幸福。然而感动他的不是这幅照片，而是凝视这幅照片的她。

她保证不会耽误时间，但他们走出美术馆时，天色已晚。他们继续上路，手牵着手，沿着河边，走向牛津塔。

"你留下来吃饭吗？"安托万在门口问她。

"我累了，天色晚了。"索菲回答。

"你也要去干花拍卖会吗？"

"如果这样做可以不用忍受你拙劣的幽默，那我就去开店，开到半夜。"

安托万低下头，走进客厅。

"你怎么了？从我们离开公园，你就一言不发。"

"我能求你一件事吗？"安托万轻声说道，"今晚你能不让我跟孩子们单独在一起吗？"

索菲吃惊地看到他眼里的忧伤。

"没问题，但是不要你做饭，你让我带你们去餐厅吃。"

"我们去伊沃娜那里？"

"当然不是！我知道中国城有家餐厅，不入流的装修，但那里的烤鸭是全世界最好吃的。"

"你说的这家餐厅干净吗？"

索菲懒得回答，她叫来孩子们，告诉他们今晚的节目临时有变。孩子们没等她说完，就钻进了车子的后排坐下。

她走下台阶，模仿安托万的口气："你说的这家餐厅干净吗？"

车子开往老布朗普顿。安托万突然刹车。

"我们应该给马提亚斯发个短信，告诉他我们在哪儿。他没说他是否要忙到半夜。"

"太搞笑了，你提到你的计划，让他来伦敦时，你害怕他会缠着你不放。你不觉得现在是你每天晚上缠着他吗？"

"这一点，我们保持怀疑态度。"路易和艾米丽同时回答。

牛津塔脚下的广场一直延伸到河边。巨大的玻璃塔四周是一个个小店和工作室，橱窗里展示着最新的货品：衣服、陶瓷、家具、家居饰品。马提亚斯转过身背对奥黛丽，拿起手机打了几个字。

"马提亚斯，求你了，太阳快下山了，赶紧拿起摄像机拍我吧。"

他把手机放入口袋，然后转身面向她，朝她开怀大笑。

"还好吧？"

"没事，一切都好。我们现在要干什么？"

"你先拍对岸，当我开始说话，就把镜头拉近拍我。注意先拍脚，最后才是脸。"

马提亚斯按了录像键，摄像机开始运转。奥黛丽念起了台词，她的声音变了，说出的话抑扬顿挫，仿佛要把观众吸进来。突然，她停下来。

"你确定你会拍？"

"我当然会！你为什么这么问？"

"因为你在拉近镜头时使用了遮光罩。"

马提亚斯看了一眼镜头，然后把摄像机扛在肩上。

"好吧，我们从头开始。"

但这一次是马提亚斯中断了拍摄。

"你的围巾很碍事，因为有风，围巾都飘到你脸上了。"

他走到奥黛丽身边，把围巾打了个结，回到自己刚才的位置，然后继续拍摄。奥黛丽抬起头，落日的余晖发出橙色的光芒，然后西边的天空变成了红色。

"算了，太晚了。"她很失望。

"但镜头里的你还是很清楚的。"

奥黛丽朝他走过去，放下手里的设备。

"也许吧。但是在电视屏幕上，你只能看到一个影子。"

她带他来到河岸边的一张长凳，整理好设备，站起身，向他道歉。

"你是个完美的导游。"

"要谢谢他。"马提亚斯回答。

"谁？"

"没事。"

她把头放在他的肩膀上，两个人默默地看着一条船从水面经过。

"你知道，我也想到了。"马提亚斯低声说道。

"你想到了什么？"

他们握着手，十指交缠。

"我也会害怕。"马提亚斯继续说道，"害怕并不重要。今晚，如果我们一起睡，那将是惨败。至少，现在我们知道对方知情，另外，我也知道你知道了……"

为了让他闭嘴，奥黛丽把手指放在他的唇上。

"我想我饿了。"她站起来。

她挽着他的手臂，朝塔楼走去。在最高层，全是玻璃墙的餐厅让眼前的港湾美景一览无遗。

奥黛丽按了电梯按钮，玻璃电梯在透明的箱子里上升。她指给他看伦敦眼："在这么远的地方，我们仿佛跟它一般高。"她转过身，发现马提亚斯脸色惨白。

"没事吧？"她非常担心。

"完全没事！"马提亚斯的声音小到几乎听不到。

突然抽搐的他放下了摄像机，倒在了玻璃墙旁边。在他晕倒之前，奥黛丽冲向他，把他的头靠在自己的肩膀上，紧紧抱住了他。

铃声响起，最后一层大门打开，正对餐厅大堂。一位风度翩翩的大堂经理吃惊地看到他们在亲吻，既热情又温柔，只要一个吻就能想象美好的明天。酒店经理皱了皱眉头，铃声响起，电梯又下到一楼。过了一会儿，出租车开往红砖巷，把这对缠绵的恋人送到了目的地。

床单搭在奥黛丽的腰上。马提亚斯摆弄着她的头发。她把头埋进他的胸膛。

"你有烟吗？"奥黛丽问道。

"我不抽烟。"

她弯下身，抱住他的脖子，然后打开床头柜的抽屉。她把手伸进去，找到一盒皱巴巴的烟和一个打火机。

"我确定那个家伙在撒谎。"

"谁撒谎呢？"

"一个摄像师，电视台把这个公寓租给他。他这段时间去亚洲拍片子了，得六个月。"

"如果他不在亚洲，你们经常见面吗？"

"只是个朋友而已，马提亚斯！"她离开了床。

她站起身，修长的身影移向窗边。她把烟凑到嘴边，打火机闪着微光。

"你在看什么？"她的脸贴着瓷砖问道。

"烟的旋涡。"

"为什么？"

"没什么。"马提亚斯回答。

奥黛丽回到床边，躺在马提亚斯身边，用大拇指抚摸着他的嘴唇。

"你的眼皮上有滴眼泪。"她说着，用舌头舔掉了那滴眼泪。

"你真的太美了。"马提亚斯低声说道。

安托万浑身发抖，他裹紧了被子，盖好了脚，睁开眼睛，哆嗦着。客厅半明半暗，索菲早就走了。他披上花格毯子，来到了楼梯平台，打开了马提亚斯的房门，发现床是空的。他走进儿子的房间，钻进他的羽绒被里，然后躺在他的枕头上。路易转过身，没有睁开眼睛，抱紧了他的爸爸。一夜就这样过去了。

日光照亮了房间。马提亚斯揉揉眼睛，然后伸了个懒腰。他的手在床上摸索着，在枕头边找到了一张小纸条。他坐起来，打开了它。

我出门去找新磁带。你睡得很安稳。我尽快回来。

奥黛丽

另外：床离地面只有五十厘米，不要担心！

他把纸条放在床头柜上，打了个大大的哈欠。他在床角找到了他的牛仔裤，在门口找到了他的衬衣，在不远的椅子上找到了内裤。他开始寻找剩下的物品。浴室里，他神色疑惑地看着牙刷，拿起了牙膏。他挤出来的第一粒掉在了地上，然后他把第二粒挤在食指上。

他在厨房里四处翻找，只在一个橱柜里找到两盒半空的茶叶，在一个架子的角落里找到一盒饼干，在冰箱里找到一块黄油。他的鞋子在桌子底下。

他想去找个地方好好吃顿早餐，于是匆忙穿好衣服。

奥黛丽在小圆桌上放了一串钥匙，一目了然。

从钥匙的外观来看，这些钥匙应该都打不开这间公寓。它们应该属于奥黛丽在巴黎的公寓，她昨晚跟他提到过。

他用指尖拨弄着钥匙圈上的绒球绳子。他想象着这个绒球被奥黛丽捏在手中的样子。绒球一直在包里陪着她。还有每一次她跟密友讲电话，都喜欢用手指把玩这个绒球。他意识到他正在跟钥匙圈上的绒球吃醋，顿时恢复了冷静。他真得吃点东西了。

人行道上全是红色墙面的小房子。马提亚斯手插在口袋里，嘴巴哼着小曲，朝街角的十字路口走去。走过了几个路口，他很高兴找到了他的幸福。

每个周日的清晨，斯皮塔佛德市场热闹非凡：货架上摆满了来自印度的干果、香料。远处，布料商人展示着从印度金奈进口的布匹，有开司米羊绒、波斯羊绒。马提亚斯坐在第一间咖啡屋的露台，向前来的服务生露出笑容。

服务生来自加尔各答，听出了马提亚斯的口音，说自己很喜欢法国。求学时，他选择了法语作为第一外语，而不是英语。他在英国学校读国际经济本科。他本来想去巴黎学习，但生活总不能遂其所愿。马提亚斯觉得他说得很不错，他可以毫不费力地表达自己。马提亚斯点了一整套早餐，还有一份报纸，如果收银台旁边正好有一份的话。

服务生弯下腰表示感谢，然后走开。胃口好像更好了，马提亚斯搓搓手，很高兴生活中这些意外的时刻，很高兴能够坐在阳光下的露台，很高兴一会儿就要见到奥黛丽。最后他甚至没有意识到，他很高兴能这么高兴。

他要预先通知安托万，他下午之前不会回去。他一边想着怎样圆谎，一边在口袋里找手机。他肯定是落在外套里了。他记得他把外套卷成一团，放在奥黛丽公寓的沙发上。他晚点再给他发短信。服务生回来了，肩上有一个大托盘。他在桌子上放好一整套早餐，还有一份昨晚的《加尔各答快报》，一份前天的《印度时报》。报纸都是孟加拉语和印度语。

"这是什么？"马提亚斯指着冒热气的扁豆汤。

"扁豆。"服务生回答，"土耳其酥糖，非常好吃！这是咸酸奶杯，一份货真价实的印度早餐！您可以吃得尽兴。"

服务生回到大堂，很高兴这些能让他的客人满意。

　　她们之间没有通过气，但想法一致。这一天是美好的一天，布特街上有很多游客。一家餐厅的露台开始营业，另一家在整理橱窗。

　　"你周日也工作吗？"伊沃娜叫住了索菲。

　　"我更喜欢待在这里，而不是闲在家里。"

　　"我也是这样想的。"

　　伊沃娜走近索菲。

　　"怎么一副这样的神态？"她的手拂过了索菲的脸颊。

　　"糟糕的一晚，估计是满月吧。"

　　"至少一周内不会有两次满月，你要再找个借口才行。"

　　"那么就是我没睡好。"

　　"你没看见今天的男生吗？"

　　"他们都是有家有口的。"

　　索菲抱起一个大花瓶，伊沃娜帮她搬到花店里面。东西放好了，她把她拖到花店门口。

　　"过来，先别管你的花，它们不会凋谢的。过来我这里喝杯咖啡，我感觉我们俩有事要说，就你和我。"

　　"我把这束玫瑰弄好就来找你。"索菲恢复了笑容。

　　整枝剪剪掉了枝丫，约翰·克洛维仔细观察着花。花冠跟灰雀一样大小，围绕在四周的花瓣皱皱的，给他梦想中的玫瑰赋予了野性的一面。他必须承认，去年他在温室里进行的嫁接非常成功，超过了预期目标。等他参加下一次切尔西花展时，他的玫瑰很有可能夺冠。对约翰·克洛维来说，这朵玫瑰并不是一般的玫瑰，它是他遇到的最奇怪的矛盾体。这个男人出生于英国大家族，谦逊是一种美德。他的父亲光荣战死沙场，他继承了遗产。无论是他工作多年的小书店的客人，还是他的邻居，都无法想象这样一个孤独的男人，住在他自家宅子最小的房间里，居然是个大富翁。

有多少医院大楼的正面会刻上他的名字，有多少基金会会冠上他的名字，如果他没有坚持要求匿名的话。然而，在他七十岁时，面对如此简单的一朵花，他没法拒绝诱惑，冠上了自己的姓氏。

这朵玫瑰叫作"克洛维玫瑰"。唯一的借口就是他没有子嗣。这是唯一能让他的姓氏流传下去的途径。

约翰把花放在花瓶里，拿到了温室。他看着乡下宅子的白色墙面，很高兴工作多年后能够在这里享受退休生活。大花园迎接春天的到来。在这么多花朵中，他唯一爱过的女人，他很想她。有一天，伊沃娜会来肯特郡与他相聚。

安托万被孩子们吵醒了。他靠在楼梯上，弯下腰视察客厅。路易和艾米丽自己准备了早餐，坐在沙发上大口品尝。动画片刚刚开始，安托万可以有片刻安宁。为了不被发现，他往后走了一步，想补觉。在重新上床之前，他来到马提亚斯的房间，看见床还是好好的。艾米丽的笑声从客厅传到了楼上。他弄皱了床单，拿起了挂在浴室的睡衣，放在椅子上明显的位置。他悄悄关上门，然后回到大厅。

　　没有穿外套，马提亚斯既没有钱包，也没有手机。他翻遍了裤子口袋，寻找零钱来买单。他终于找到了，舒了口气，把二十先令递给服务生，然后等找钱。

　　年轻人找给马提亚斯十五先令，然后拿走了报纸，问他是否都是好消息。马提亚斯站起来回答说，他只懂泰米尔语，印度语对他来说还是太难了。

　　要回去了，奥黛丽肯定在家里等着他。他沿原路返回，才到第一个交岔路口，他就迷路了。他四处寻找路牌，或者他认识的建筑物。他意识到他是晚上来的，而且又是奥黛丽带路。另一次是坐出租车，他完全没有办法找到原路。

　　他感到有点恐慌，叫来一位路人帮忙。高贵的男人留着白胡子，脖子上还系着领结。如果彼得·塞勒斯[1]有兄弟的话，应该就是眼前这位。

　　马提亚斯在找一栋三层楼的房子，红色墙面。男人邀请他环顾

---

[1] 译注：英国喜剧演员。

四周，临街的房子都是红色墙面，跟大部分英国城市一样，一个模子出来的。

"我迷路了。"马提亚斯绝望地用英文说道。

"是的，sir（先生）。"男人回答时吞掉了尾音的"r"，"不要担心，我们都迷失在这个世界上……"

他友好地拍了一下他的肩膀，然后继续上路。

安托万安静地睡着，至少在他床上发出两声巨响之前。路易扯着他的左臂，艾米丽扯着他的右臂。

"我爸爸不在吗？"小女孩儿问道。

"不在。"安托万坐起来回答，"他很早就去工作了，我今天照顾你们两个小坏蛋。"

"我知道。"艾米丽继续说，"我去了他的房间，他甚至没有收拾床。"

艾米丽和路易想去人行道上骑单车，他们保证会非常小心，不会从上面摔下来。这条街上过路车很少，安托万准许他们去玩，他们跑下楼梯。安托万穿上睡衣，准备他自己的早餐。他可以从厨房的窗子看着他们玩。

马提亚斯独自一人站在红砖巷的中间，口袋里只剩下几个硬币，他觉得孤立无援。街角的电话亭向他伸出援手。他马上冲进去，把几个硬币扔进机器。他极其失望，只能拨出他唯一能记得的伦敦号码。

"不好意思，你能解释一下你到底在红砖巷做什么吗？"安托万一边喝咖啡一边问道。

"听着，老兄，现在不是提这个问题的时候。我现在在一个电话亭给你打电话，这个地方六个月没人用过。它刚刚吞掉我三个硬币，这些只够给你打招呼，我没剩几个硬币了。"

"但是你没有跟我打招呼啊，你只是说：我需要你。"安托万回答，给他的面包抹上黄油，"那我听你说……"

马提亚斯无话可说，只得退让，问安托万是否能让艾米丽听电话。

"不行，她在外面跟路易一起骑单车。你知道我们把草莓酱放哪儿了吗？"

"我现在一团糟，安托万。"马提亚斯承认。

"我能为你做什么？"

马提亚斯看到电话亭门口排了一群人。

"不用了，你什么都做不了。"他低声说道，估量了一下自己所处的位置。

"那你为什么给我打电话？"

"没事，只是想跟艾米丽说：我被工作耽误了。替我亲吻她。"

马提亚斯把听筒放下了。

艾米丽坐在人行道上，抱着受伤的膝盖，大颗眼泪落在脸颊上。一个女人穿过街帮助她。路易跑回家，叫他的父亲，使劲扯他的睡裤。

"快点，艾米丽摔倒了。"

安托万跟在他儿子身后，跑到大街上。

不远处，艾米丽身边的女人挥舞着手臂，发出不满的抱怨：

"妈妈到底去哪儿了？"

"妈妈在这里！"安托万来到她旁边。

女人神色疑惑地看着身穿苏格兰睡衣的安托万，翻了个白眼，然后一言不发地走开了。

"我们两周后出发去抓幽灵！"安托万等她走远了大喊起来，"我至少有权利穿得像样子吧，不是吗？"

马提亚斯坐在长凳上，敲打着扶手。一只手落在他肩上。

"你在这里干什么？"奥黛丽问道，"你等了很久吗？"

"不，我在散步。"马提亚斯回答。

"一个人？"

"是的，一个人，怎么了？"

"我回到公寓，但你没有应声。我没有钥匙进门，很担心你。"

"我觉得没问题啊。你的记者朋友一个人在塔吉克斯坦不是也很好吗，我总该可以一个人在红砖巷散步，不用惊动欧洲援助队吧。"

奥黛丽笑着说：

"你迷路了有多久呢？"

艾米丽的膝盖绑了绷带，但听到中午可以随意吃甜品的许诺后她就不哭了。安托万上楼洗漱、换衣服。在楼梯的另一端，公寓很安静。他走进浴室，坐在浴缸边上，看着镜子里的自己。门打开了，路易的身影出现在门缝里。

"你这个小坏蛋在这里干吗？"

"我还想问你个问题。"路易回答。

"你别告诉我你是来洗澡的。"

"我是来告诉你如果你觉得伤心，你可以跟我说。你最好的朋友不是马提亚斯，是我。"

"亲爱的，我不伤心，就是有些累。"

"妈妈说过，如果她伤心的话，她就会去旅行。"

安托万看着儿子在门口打量他。

"过来。"安托万低声说道。

路易走近他的父亲，然后被拥入怀中。

"你真的想帮你爸爸吗？"

路易点头表示是的，安托万低声在他耳边说道：

"那就不要太快长大。"

奥黛丽为了完成报道，必须穿越整个城市，去到贝洛港。马提亚斯在外套口袋里没有找到钱包，他们决定坐公车。周日集市关闭，只有街头的几个古董商店开张了。奥黛丽没有离开摄像机，马提亚斯紧随其后，不错过任何机会地用他借来的数码相机拍下她的倩影。下午一两点时，他们来到了地中海餐厅的露台。

安托万步行来到布特街，走进索菲的花店，询问她是否愿意跟他们一起过下午。年轻的花店老板拒绝了邀请，街上很热闹，她还有好几束花要准备。

伊沃娜从厨房跑到露台，那里坐满了游客。有些客人不耐烦地想点单。

"还好吗？"安托万问道。

"不，一点都不好。"伊沃娜回答，"你看见外面的人了，再过半个小时会爆满。我六点就起床去买新鲜的三文鱼，本来想拿来做今天的主菜，结果现在做不了，炉子罢工了。"

"你的洗碗机还能用吗？"安托万问道。

伊沃娜吃惊地看着他。

"相信我，十分钟，你的主菜就可以做好了。"

当安托万询问她是否有密封袋时，伊沃娜不提问了。她打开抽屉，把他需要的东西递给他。

安托万来到了在柜台等候的孩子们身边，他跪下来询问他们的意见。艾米丽接受了他的提议，路易要求用零花钱作为补偿。安托万警告他，他想敲诈的话还太嫩。他儿子回复：这是谈判。最后，一顿打屁股解决了他们之间的纷争。两个孩子坐在餐桌旁，安托万走进厨房，穿上围裙，拿出餐牌准备去露台接单。伊沃娜询问他想干吗，安托万建议她去厨房忙着，他负责其他部分。他补充说：今天之内的谈判结束了。三文鱼十分钟后就好了。

他把数码相机放在桌子上，按了延时键。然后他邀请奥黛丽靠过来，两个人努力塞进取景框。服务员被他们逗乐了，他提议帮他们照相。马提亚斯欣然接受。

"我们看起来像是游客啊。"奥黛丽谢过那位服务员。

"我们是在参观，不是吗？"

"这是另一种看事物的方式。"她喝着酒说道。

马提亚斯打开瓶子，然后给她倒了酒。

"真难得啊，绅士啊，你从没提到你的女儿。"奥黛丽说道。

"是的。"马提亚斯放低了声音。

奥黛丽注意到他脸上表情的变化。

"监护权在你这里？"

"她跟我一起住。"

"艾米丽，这是个美丽的名字。她现在在哪儿？"

"跟安托万一起，我最好的朋友。那天你在书店遇见过他，但你可能不记得了。多亏了他，我才在学校的院子里遇见了你。"

服务员端来了奥黛丽点的甜品、马提亚斯点的咖啡。她把榛果酱抹在薄饼上。

"你可能不知道，一开始我以为你是路易的老师。"马提亚斯说道。

"什么？"

"安托万儿子的老师！"

"这个想法太搞笑了，为什么？"

"解释起来有点麻烦。"马提亚斯用手指蘸了点奶油。

"他的老师比我漂亮？"奥黛丽用调侃的口吻问道。

"哦，没有！"

"你的女儿和路易相处得很好？"

"就像姐弟。"

"你什么时候去见她？"奥黛丽问道。

"今晚。"马提亚斯回答。

"太巧了。"她在包里找烟，"今晚，我得收拾一下东西。"

"你这样说，好像你明早要赶火车似的。"

"不是赶火车，而是上火车。"

她回过头点了杯咖啡。

"你要离开？"马提亚斯问道，语气不太镇定。

"我不是离开，我是回家。好吧，这是一回事。"

"你准备什么时候跟我说？"

"现在。"

她机械地用勺子在杯子里打转。马提亚斯终止了她的动作。

"你没放糖。"他从她手里拿走了勺子。

"巴黎离这里不过两个小时四十分钟。你也可以来看我，不是吗？当然，如果你想的话。"

"我当然想啊。我还想你别走啊，我们可以在平时见见面。我不会邀请你周一吃午餐，太近了，我不想逼得太紧。但我会说周二，你会回答说这个周二不行，你已经有约了。那么我们会定在周三见。周三对我们来说太好了。当然，前半周看起来很漫长，但我们周末还会再见。下周日我们可以一起吃午餐，在同一张桌子，现在已经是我们专属的桌子了。"

奥黛丽把手指放在马提亚斯的嘴巴上。

"你知道我们现在要做什么吗？好好利用这个周日，因为我们坐在我们的桌子旁，我们还有一整个下午，完全属于我们俩。"

但是马提亚斯听不进去奥黛丽的建议。他知道，他的下午将是一片灰色。他装作在打趣一个路人的身影。自从她宣告她要离开，她坐在他身边也没什么用处，他已经开始想她了。他看着头顶的云。

"你觉得要下雨了吗？"他问道。

"我不知道。"奥黛丽回答。

马提亚斯转过身，叫来服务生。

"你们要买单吗？"安托万问道。

"这里。"一个客人在露台的另一端招着手。

安托万前臂上托着三个盘子，他把盘子收拾了一下，然后使劲用海绵擦了擦桌子。在他身后，索菲等两位客人离开后坐了下来。

"你看起来很喜欢你这份职业。"她坐下来说。

"我高兴坏了。"安托万神采飞扬地宣告，然后递给她一张菜单。

"你让孩子们过来我这里坐吧。"

"今天的主菜是蒸三文鱼。如果您听从我的建议，那么请留点胃口享用我们的甜点，焦糖布丁让人入口难忘。"

安托万回到了大厅。

马提亚斯翻遍了外套，还是没找到钱包。奥黛丽让他放心，他肯定忘在他家了。另外，她没见他用过钱包，他总是用零钱买单。马提亚斯还是很不安，而且很尴尬。

自从他们认识以来，他从不愿意她请客。奥黛丽终于能够做到了，她很遗憾只是一份薄饼和几杯咖啡。她认识很多男人都是平摊费用。

"你认识几个这样的男人？"马提亚斯问道。

"让我猜猜看，你不是嫉妒了吧？"

"完全没有。就像安托万说过的，嫉妒之情不是信赖对方，是可笑且堕落的。"

"这是安托万说的，还是你想的？"

"好吧，我有点嫉妒。"他退了一步，"但也是正常的。如果我们完全不嫉妒，那就是我们不够相爱。"

"你对嫉妒还挺有一套说辞的。"奥黛丽站起来，笑他。

他们步行回到贝洛港大街。奥黛丽挽着马提亚斯的胳膊。对他来说，走向公车站的每一步都让他们之间越来越远。

"我有个想法。"马提亚斯说道，"我们就坐在这张长凳上。这个街区很美，我们不需要很多东西，我们不要从这里离开。"

"你是想我们一直待在这里，一动不动？"

"这正是我想说的。"

"多长时间？"奥黛丽坐下问道。

"我们想待多久就多久。"

起风了，她颤颤发抖。

"如果冬天来了呢？"她问道。

"那我就把你抱紧点。"

奥黛丽靠近他的怀里，在他的耳边说了一个更好的主意。他们可以跑去公车站，不到半个小时就能回到红砖巷的房间。马提亚斯看着她，微微一笑，然后起身。

双层巴士停在车站，奥黛丽踏上了车厢后面的踏板，马提亚斯待在人行道上。奥黛丽看到马提亚斯的脸色，明白了。她示意司机不要马上发车，然后一只脚踏上了人行道。

"你知道的，昨天才不是惨败。"她靠在他的耳边说道。

马提亚斯没有回答。她把手放在他的脸颊上，轻抚他的嘴唇。

"巴黎离这里不过两个小时四十分钟。"她说。

"上去吧，你在发抖。"

公车走远，马提亚斯挥舞着手，看着奥黛丽消失在街角。

他坐在威斯特本园广场的长凳上，面前一对情侣经过。翻口袋找零钱时，他发现了一张字条：

整个下午，我也在想你。

奥黛丽

第六章 ____
春天终会来临 ____

我们住在同一个屋檐下，每个人
都要找到自己的位置。

一天结束了，索菲陪安托万和孩子们回到家。路易希望她能帮忙做作业，但是她解释说她还有工作要做。

"你不想留下来？"安托万坚持问道。

"不，我回家了，我累了。"

"真的有必要周日也开门吗？"

"我想多干几天，然后休息一下。"

"你要去度假？"

"周末。"

"去哪儿？"

"我还不知道，惊喜。"

"写信的男人？"

"是的，就是你说的那位。我要去巴黎见他，然后他带我去某个地方。"

"你不知道是哪里？"安托万坚持问道。

"如果我知道了，那就不是惊喜了。"

"你回来时告诉我？"

"也许吧，我突然觉得你很好奇。"

"原谅我的冒失，不管怎样，我在瞎搅和什么？我扮演大鼻子情圣六个月了，代替你写了六个月情书，难道我就没有权利分享一下好消息吗？"

"不要得寸进尺，安托万。我周末去度假，利用我不在的时候，重新拿起笔。等我回来时，如果我感觉到很空虚或者很无聊，我会很感激你重新拿起笔，帮我再写一封信，让他更加爱我，让他再次邀请我去度假。不然，我什么都不跟你说。"

索菲双手交叉瞪着安托万：

"好了，你说完了没？"

安托万不回答，他看着鞋子，脸上的表情跟他儿子犯错时如出一辙。索菲很难保持严肃，她亲吻了他的额头，离开了这里。

夜幕降临在威斯特本园广场上。一个穿着超长大衣的年轻女人坐在公车站的长凳上。

"你冷吗？"她问道。

"不，还好。"马提亚斯回答。

"你看起来不太舒服。"

"总有让人难过的周日。"

"我见过很多这样的日子。"年轻女人站起身。

"再见。"马提亚斯说道。

"再见。"年轻女人说道。

他跟她点头示意。她也同样点头，然后上了刚到的一辆公车。马提亚斯看着她离开，思考着他在哪里见过她。

~~~

吃过晚餐，孩子们在沙发里睡着了，他们下午在公园里玩累了。安托万把他们抱回到床上。回到客厅，他注意到马提亚斯的钱包忘在托盘里了。他打开钱包，从夹层里拿出一张照片。在皱皱的照片里，瓦伦蒂娜微笑着，手放在凸起的肚子上。这是另一个时代的证据。安托万把照片放回了原处。

伊沃娜来到浴室，打开水龙头，水淋到身上。安托万今天救了她。她想，如果他不在的话，她平时是怎么做到的。她想到了用洗碗机的水蒸气做的三文鱼，一个人笑了起来。突然，一阵咳嗽浇灭了她的笑声。她累坏了，但心情很好。她关掉水龙头，穿上浴袍，躺在床上。走廊的门刚刚关上，她借出的房间里住着的年轻女孩儿应该回来了。伊沃娜不太了解她，但是她相信自己的直觉。这个小女孩儿只需要一点帮助就能走出困境。不管怎样，她相信她。她的陪伴也有好处，自从约翰离开书店后，寂寞的感觉越来越深刻。

~~~

恩雅脱下大衣，躺在床上。她从牛仔裤的口袋里拿出纸币，然后开始数起来。这一天还不错，威斯特本园的餐厅客人给的小费足够一周的生活费了。老板对她很满意，提议她下周末再去。

恩雅的命运很坎坷。十年前，她的家人没有扛过一个闹饥荒的夏天。一位年轻的女医生把她抱了回去。

一天晚上，在一位法国医生的帮助下，她藏在卡车后面，开始了漫长的逃亡之路。远离南方，逃往北方。她路上的同伴并没有苦大仇深，而是充满了希望，希望等到丰收的那天。

她在丹吉尔渡海，另一个国家，另一个谷地，到达比利牛斯山。一个路人告诉她，以前人们付钱让她祖父走相反的道路，历史改变了，但人的命运没有改变。

另一个朋友对她说，在英吉利海峡对面，她可以找到她一直想找的东西：自由的权利，做她想做的。在大不列颠群岛上，各个种族的人类和平地生活在一起，互相尊重。于是，她又从加来海峡出发，躲在一列火车的货厢里。筋疲力尽的她终于滑倒在英国的轨道上，这一次，她知道她的流亡终止了。

今晚，幸福的她环顾四周，床虽然小，但床单是干净的。小小的书桌上面放着一束蓝色的花，仿佛能温暖整个房间。透过天窗，她可以看到外面。房间不大，她的房东很友好。在这里住的这几天，她仿佛有了春天的感觉。

奥黛丽试着把磁带塞进被她卷成圆筒状的两件套衫和三件 T 恤里，在伦敦这个月，她买的东西似乎很难塞进行李箱里。

她站起身，环顾四周，重新检查她是否忘记了什么东西。她不想吃晚餐，一杯茶就够了。她毫无睡意，但她还是得睡觉了。明天她到达巴黎北站，充实的一天就要开始了。先把录像带拿回电台，然后参加下午的编辑会，如果她的主题被选中播放的话，她还要马上去剪辑。进到厨房，她看了一眼烟灰缸里的烟头。她的眼光又滑向了桌子和两个玻璃杯，杯里的红酒已经没了。水槽里有个茶杯，她拿起来看了一下杯口，思考马提亚斯是从哪里开始喝的。她把杯子拿回卧室，然后塞进行李箱。

客厅一片黑暗。马提亚斯轻轻关上门，踮着脚朝楼梯走去。当他的脚踩上第一级台阶时，圆桌上的台灯亮了。他转过身，看到安托万坐在躺椅里。他来到他身边，拿起桌上的一瓶水，一口气喝完。

"如果我们中间哪个人要重新谈恋爱，第一个应该是我！"安托万说道。

"随便你，老兄。"马提亚斯放下瓶子。

安托万生气地站起来。

"不，我没法随心所欲，不要糊弄我。如果我陷入爱情，那就是背叛，你呢？"

"冷静点！你看我们把这堵墙拆掉了，我参与女儿的日常生活，看着两个孩子从来没有这么幸福过……你真的认为我会冒险把这一切都毁掉？"

"当然会。"安托万很确定地说道。

安托万开始走来走去，他在房间里绕圈。

"你要知道，你周围的一切都是你想要的模样。你想孩子们笑，他们就笑了。你想要房子里有噪声，我本来是不同意的，但现在甚至可以在吃饭的时间看电视。所以好好地听我说，你这辈子唯一一次，就这一次，请不要那么自私，你要承担你做出的选择。所以，如果你正在跟一个女人谈恋爱，请马上停下来。"

"你觉得我很自私吗？"马提亚斯忧伤地问道。

"你比我自私多了。"安托万回答。

马提亚斯久久地看着他，没有说一句话，然后走向楼梯。

"注意了，不要逼我说出我没说过的话……我不反对你睡她。"安托万继续说道。

马提亚斯停下来，转过身。

"我反对你这样说她。"

楼梯下，安托万用手指着他骂道：

"我知道了！你在谈恋爱，我有证据了。那么，你要离开她！"

马提亚斯的房门在他身后用力地关上了，艾米丽和路易的房门也悄悄地关上了。

列车在阿什福德车站停留了半个小时，检票员提醒没有反应过来的乘客们赶紧下车，告诉他们列车还停在这个车站。

列车长补充说，他没法说清楚列车什么时候启动，隧道里有交通故障。

"我教了三十年的物理，我想知道在一个平行的单向隧道里怎么会有交通故障。至少司机没有让我们在隧道中间停下来去小便……"坐在奥黛丽对面的老太太嘀咕着。

奥黛丽以前是学文学的，当她手机响起时才回过神来。电话来自她最好的朋友，她很高兴她回来了。奥黛丽向她讲述伦敦之行，特别是最后几天发生的事情改变了她的人生轨迹。艾洛蒂是怎么猜到的？是的！她遇见了一个男人，跟其他人不同。这么久以来，她的前任在某天早上整理行李时把她的心也带走了，她终于找回了恋爱的感觉。长时间的爱情葬礼只用了一个周末就彻底瓦解。艾洛蒂说得对，生活是有魔力的。只需要耐心等待，春天总会来的。等到她们见面，可惜今晚不行，她会工作到很晚，但明天午餐时可以。
是的，她把什么都告诉她。跟那个谁度过的美好时光，是马提亚斯，
真美的名字，不是吗？是的，他很帅。是的，艾洛蒂喜欢这个名字，
很有教养，很绅士。不，他没结婚。是的，离婚了。但如今在单身
男人身上，离婚也许是个优点。她怎么猜到的？是的，他们才分开
不到两天。她在一个学校的院子里遇见的，不，在书店里，好吧，
两个地方都遇见了。她什么都告诉她，但是火车重新启动，她已经
看到了隧道的入口。喂？喂？

　　奥黛丽激动地看着她的手机，她握在手心，擦了一下屏幕，然
后微笑着放入口袋里。物理老师叹了口气，终于可以继续看书了，
她刚刚把同一个地方读了二十七遍。

　　马提亚斯打开伊沃娜的餐厅大门，询问他是否可以坐在露台上
喝杯咖啡。

　　"我马上给你端过来。"伊沃娜按了一下大咖啡壶的按钮。

　　椅子还堆在一起，马提亚斯拿下来一把椅子，舒舒服服地坐在
阳光下。伊沃娜把杯子放在桌子上。

　　"你想要牛角面包吗？"

　　"两个。你需要帮忙把露台收拾一下吗？"

　　"不用了。如果我现在把椅子放好，客人们就会像你一样坐在外

面，我就没时间在厨房工作了。安托万没跟你在一起？"

马提亚斯一口喝掉咖啡。

"还可以再来一杯吗？"

"没事吧？"伊沃娜问道。

安托万坐在办公室里查看电子邮件，一封邮件出现在他屏幕下方。

很抱歉，这个周末抛下你，下午一点在伊沃娜餐厅吃午餐。

你的朋友，马提亚斯

他马上打字回复：

昨晚我也很抱歉，下午一点在伊沃娜餐厅见。

书店开门后，马提亚斯打开了他的旧苹果电脑，看到了安托万的来信，回复道：

下午一点没问题，但你为什么说"也很抱歉"？

与此同时，在法语中学的电脑房里，艾米丽和路易在发送了邮件之后把电脑关上。

加来的海岸越来越远，"欧洲之星"以每小时三百五十千米的速度在法国的轨道上行驶。奥黛丽的手机又响了，她一放下手机，对面的老太太就重新拿起书。

奥黛丽的母亲很高兴女儿回来。奥黛丽的声音不一样，不是她往常熟悉的声音。没必要隐瞒，她女儿遇到了某个人。上一次她听到这样的声音，是奥黛丽向她宣告她跟罗曼之间的纯洁爱情。是的，奥黛丽还记得她跟罗曼是怎么结束的，那些在电话里哭泣的夜晚。是的，男人都一个样。这个新的男人是谁？很明显她知道有个新男人，这个至少是她做的选择。的确如此，有段邂逅，但她没有那么着急。无论如何，这个事情跟罗曼没有关系。谢谢你又在伤口撒盐，在它还没有结疤之前。不，已经结疤了。她不是这个意思，只不过……不，她跟罗曼有六个月没讲话了，除了上个月他忘记的一个箱子，他分外执着那个箱子。

好吧，这事跟罗曼没关系，是马提亚斯。是的，这是个美丽的名字。书店，是的，这也是个美好的职业。但是她不知道书店老板赚得多不多，钱不重要，她赚得也不多。"更充分的理由"可不是她希望从她母亲口中得到的回复。

然后，如果大家不开心，最好换个话题。是的，他住在伦敦。

是的，奥黛丽知道那边的生活消费很高，她在那里住了一个月。是的，一个月足够了，妈妈，你好烦。不，她没有想去英国定居，他们才认识两天，或者是五天。不，她没有第一天晚上就跟他上床。是的，她曾经在认识罗曼四十八小时后，想跟他去马德里生活。目前来说，是个还不错的男人。是的，她会看情况的。不，不要担心她的工作，她拼搏了五年才有了自己的节目，现在不会因为一个伦敦的书店老板而浪费掉！是的，她一到巴黎就给她打电话，她也亲吻她。

奥黛丽把手机放进口袋里，长叹一口气。对面的老太太重新拿起书，然后又放下。

"不好意思，本来这事跟我没关系，"她把鼻梁上的眼镜推了一下，"你两段对话谈的是同一个男人吗？"

被打断的奥黛丽没有回答，她嘀咕着：

"再也不要对我说这个隧道不会对身体产生副作用！"

两个人坐在露台上，一言不发。

"你在想她吗？"安托万问道。

马提亚斯从篮子里拿了一块面包，在芥末酱里蘸了一下。

"我认识她吗？"

马提亚斯咬了一口面包，细细咀嚼。

"你在哪儿遇见她的？"

这一次，马提亚斯拿起杯子，一口喝完。

"你知道的，你可以对我说的。"安托万继续说道。

马提亚斯把杯子放在桌上。

"以前，你什么都跟我说……"安托万补充道。

"以前，就像你说的，我们没有把你那些蠢规则摆上台面。"

"是你说家里不要有女人，我只说家里不要有保姆。"

"这不需要直说，安托万！听着，我今晚会回我们家，如果这是你想知道的。"

"总不能因为我们制定了几条规则就吵架。尽力友好点，这对我很重要。"

伊沃娜给他们端来两盘沙拉。她翻了个白眼，回到厨房。

"至少你觉得幸福吗？"安托万继续问。

"我们谈点别的？"

"我也想，谈什么？"

马提亚斯在外套口袋里翻着，拿出四张机票。

"你去取票了？"安托万的表情一下子明亮了。

"是的，你看！"

五天后，接孩子们放学，他们就直接前往机场，当晚在苏格兰过夜。

午餐结束时，两个人和好了。无论如何，马提亚斯再次告诉安托万设定规则没有任何意义，只不过为了破坏它们而已。

今天是周一，因此轮到安托万去学校接艾米丽和路易。马提亚斯离开书店去买菜，准备晚餐，安托万负责让孩子们入睡。虽然有些争执，但生活还是安排得很完美。

当晚，安托万收到麦肯锡的一通紧急电话，他为餐厅设计的桌子的样品到办公室了。事务所老板觉得样品很适合伊沃娜的风格，但是他有其他的想法。安托万答应明天早上到办公室再听他说，但是麦肯锡坚持今晚见。供应商可以按照他们预想的收货日期和定价做四十个，条件就是今晚下单。可是，安托万来回的路程至少需要半个小时。

马提亚斯还没回来，他让孩子们在他离开的时候不准捣乱。严禁开门，严禁回电话除非是他打的……听到这个艾米丽笑了："在接电话之前，我们怎么知道是谁打的。"也禁止进入厨房，禁止通电或者拔任何电器的电源，禁止在楼梯上探头，禁止触摸这个、那个……直到艾米丽和路易一起大叫，打断了他父亲的唠唠叨叨。他曾经发誓自己不是一个天生的焦虑者。

路易等到爸爸一走开，就马上冲进厨房，爬上台子，拿了架子上的两个大玻璃杯，递给艾米丽。然后他打开冰箱，选了两杯可乐，按照安托万要求的把剩下的罐子摆好（黑色的可乐在左边，橙色的芬达在中间，绿色的巴黎水在右边）。吸管在水池下面的抽屉里，青豆放在饼干盒里，电视机前放置食物的托盘现在放在工作台上。一切准备就绪，就等打开电视机。

在仔细检查过电线后，他们发现遥控器的电池没电了。艾米丽知道哪里有新的。在她爸爸的闹钟里。她快速爬上楼，走进卧室后，她被床头柜上一台小小的数码相机吸引了。这肯定是爸爸买来去苏格兰度假用的。好奇的她打开所有的按钮，屏幕上方出现了几张照片，肯定是她爸爸为了测试才照的。第一张照片上只看到两条腿和走廊的一角，第二张照片是贝洛港的集市一角，第三张照片必须转个方向才能看。出现在相机屏幕上的其实也没什么大不了，至少摆了三十二个姿势，唯一被镜头拍到的，是一对情侣坐在餐厅的露台上亲吻的画面。

晚餐过后，艾米丽没有说一句话。路易来到好朋友的房间，在日记里写下：照相机的发现对她来说是很大的打击。这是她父亲第一次对她撒谎。睡觉前，艾米丽在空白处加上：这是第二次撒谎，第一次是圣诞老人。

伊沃娜把工作室的门关上，看了一下手表。走廊里，她听到恩雅从房间里走出来。

"你今天早上很漂亮。"她转过身说道。

恩雅亲吻了她的脸颊。

"我有个好消息。"

"多说点？"

"我昨天被移民局叫过去了。"

"啊？这是个好消息？"伊沃娜不安地问道。

伊沃娜看着恩雅递给她的工作许可证，把这个年轻女人紧紧地拥入怀中。

"我们喝咖啡庆祝一下？"伊沃娜说道。

她们走下螺旋楼梯，来到台阶最下面，伊沃娜仔细地看着恩雅。

"你在哪儿买的这件外套？"她疑惑地问道。

"怎么了？"恩雅问道。

"因为我有个朋友也有一件同样的。这是他最爱的大衣。他告诉我他弄丢了。我想再买一件，但是这个款式好几年都不生产了。"

她笑了，脱下大衣递给伊沃娜。伊沃娜问她多少钱，恩雅回答说这是一件礼物，她很乐意送给她。她在一个衣帽架上找到的，那天幸运女神朝她微笑了。

伊沃娜走进厨房，打开衣柜门。

"他肯定会很高兴的。"伊沃娜高兴地说道，把衣服挂了起来。

她在水池上方的架子里拿了两个碗，从意大利咖啡机上方拿了两个咖啡小盒倒进去，点燃了一根火柴，煤气灶的蓝色火焰马上亮了起来。

"你能闻到这个神奇的味道吗？"伊沃娜深深吸了一口弥漫整个房间的香气。

照相机事件后，艾米丽有了一个想法。每周三，艾米丽和路易分别跟他们的父亲吃午餐。路易喜欢越南春卷，就去布特街头的泰国餐厅。艾米丽和她父亲去伊沃娜那里，因为她喜欢焦糖布丁。

伊沃娜在柜台后面擦着玻璃杯，眼睛的余光盯着马提亚斯。艾米丽身体向前倾，试图引起她父亲的注意。

"在苏格兰，如果能睡在帐篷里就好了。我们可以在废墟里露营，这样绝对可以看到幽灵。"

"很好。"马提亚斯一边玩手机一边回答。

"晚上，我们点燃帐篷外的篝火，你来做守卫。"

"是的，是的。"马提亚斯的眼睛死死盯着手机的屏幕。

"那里的蚊子有两千克重。"艾米丽拍打着桌子，"蚊子特别喜欢你，只要叮你两下，你就死了。"

伊沃娜来到桌子旁准备接单。

"随便你，亲爱的。"马提亚斯回答。

女老板一句话不说，回到厨房。艾米丽继续严肃地说道：

"我第一个从塔顶跳下去。"

"等一会儿，小心肝。我回完这个短信就陪你。"

马提亚斯的手指在键盘上敲打着。

"太好玩了，他们切断绳子后，把我们扔掉。"艾米丽继续说。

"今天的主菜是什么？"马提亚斯问道，他完全沉浸在刚刚屏幕上出现的短信里。

"蚯蚓沙拉。"

马提亚斯终于把手机放在了桌子上。

"等我一会儿，我去洗手。"他站起来。

马提亚斯亲吻了女儿的额头，然后走向大厅尽头。站在柜台的伊沃娜没有错过这一幕。她走向艾米丽，用鄙视的眼神看了一眼马提亚斯完全没动过的土豆泥。她朝橱窗外面使了个眼色，然后冲她微笑。艾米丽明白她的建议，也朝她微笑。小女孩儿站起来，端起盘子，在伊沃娜的注视下，走过街道。

马提亚斯看着洗手池上方的镜子。奥黛丽因为工作太忙决定暂停发短信，她正在剪辑室，他明白她有工作。但我也很忙啊，我在跟我女儿吃饭，我们都很忙……总之，如果她正在剪伦敦的片子，她肯定会想到我。应该是她的技术人员在指责她，我明白他是什么类型的，皱着眉头的小心眼的家伙。我今天的脸色真差。她说她想见我，这不是她的风格。我要去剪头发了，我……

安托万和路易坐在包间里，点了第二盘越南春卷。餐厅的门打开了，艾米丽走进来，坐在他们旁边。路易不发表评论，很满意地品尝着他最好朋友的土豆泥。

"他还在打电话？"安托万问道。

艾米丽习惯性地点头。

"你知道，我也觉得他很讨厌。但不要担心，这是大人之间的事，总会过去的。"安托万用平静的口吻说道。

"因为你认为我们永远不会烦恼吗？"艾米丽吃了一口盘子里的春卷。

马提亚斯吹着口哨从洗手间出来。艾米丽不在座位上。在他面前，他的手机被插在土豆泥盘子的正中间。他惊讶万分地转过身，跟伊沃娜谴责的目光对上。她告诉他，他的女儿在泰国餐厅。

艾米丽朝音乐厅大步走着，不跟她的父亲说一句话。后者竭尽全力道歉。他承认他没有在午餐时全心投入，保证这种事情不会再发生。有时候他跟他女儿讲话，她也不听。比如她画画时，就算整个地面摇晃，她也不会离开她的画纸。面对女儿对他的指责，马提亚斯承认他的陪伴不是最好的。为了求得原谅，他会一直待在她的房间里，直到她睡着。走进吉他教室，艾米丽踮起脚亲吻她的父亲。她问妈妈是否会回来看她，然后关上了门。

从图书馆回来，忙完两个客人后，马提亚斯坐在电脑前，开始登录"欧洲之星"的网站。

　　第二天，安托万到达办公室时，麦肯锡把餐厅重装的图纸递给他，他忙活了一个晚上。安托万打开设计图，摊在面前。他仔细检查设计图，对他合作人的成果表示惊讶。餐厅还是保持原来的风格，但是装修开销很大。看过了技术指标，还有报价单，安托万差点透不过气来。他找来他的事务所老板麦肯锡，后者一副窘迫的样子，他承认自己可能超预算了。

　　"你真的以为如果我们把她的餐厅转变成宫殿，她会相信我们用的是回收的材料？"安托万吼道。

　　在麦肯锡眼中，一切对伊沃娜来说都不算最美。

　　"你记得吗？我们的杰作要在两天内完成。"

　　"我都想好了。"热情的麦肯锡回答。

　　在工作室生产配件，一个十二人的团队包括装修工、油漆工、电工，周六开工，周日完工。

　　"工作室周日也就玩完了。"安托万被他打败了，如此总结。

　　这样一个工程的成本是惊人的。接下来的时间，两个男人没有说过话。安托万把餐厅的图纸贴在办公室的墙上，手里拿着铅笔，走来走去，从窗户走到图纸前，又从图纸走到电脑前。他不是在画画，就是在计算成本。至于麦肯锡，他坐在办公桌旁，透过玻璃隔板看着安托万。他也很愤怒，似乎安托万侮辱了英格兰女王。

傍晚时分，安托万打给马提亚斯求救。他很晚才能回家，马提亚斯得去学校接孩子，并且在晚上照看他们。

"你是自己吃，还是我给你准备点回来吃？"

"跟上次一样的冷盘就挺好。"

"你看两个人过日子还是有好处的。"马提亚斯挂电话时总结道。

午夜时分，安托万完成了图纸。他只需要说服木工老板接受所有细节的修改，并且愿意接下这个挑战。工地两周后开工，最晚三周内完工。这个周六，他一大早开车去拜访他，带上最终版的图纸。工地离伦敦有三个小时的车程，他应该能在晚上赶回来。马提亚斯可以照看路易和艾米丽。安托万很高兴找到了解决方案，离开了办公室，回到家。

他累坏了，吃不下去任何东西。他走进了卧室，瘫倒在床上。虽然还穿着衣服，但他马上就进入了梦乡。

清晨霜冻，树木在狂风中弯下了腰，人们拿出了初春的大衣。马提亚斯在计算这周的账目，想到苏格兰的气温。假期在即，孩子们每天都焦躁不安。一个女客人走进来，从书架上挑了三本书，然后出门时又把书扔在了桌子上。"我为什么离开巴黎，来到这个法语区安置下来？"马提亚斯抱怨道，把书放回原位。

安托万需要一杯上好的咖啡，或是能让他睁开眼睛的东西。夜太短，工作室的工作让他没有时间休息。

安托万步行来到布特街，他快步走进了马提亚斯的书店，通知说他周六要去外省，需要马提亚斯照看路易。"不可能！"马提亚斯抗议，他不能关门。

"大家轮流来，孩子们没有关门的日子。"疲惫的安托万离开了。

"两个人的生活怎样啊？"索菲问道。

"有好有坏，就像所有的情侣一样。"

"我想提醒你，你们不是情侣。"

"我们住在同一个屋檐下，每个人都要找到自己的位置。"

"就是因为这样的话，我才更喜欢单身。"索菲反驳道。

"是的，但你不是单身……"

"你的脸色很不好，安托万。"

"我为了伊沃娜的餐厅，昨晚熬夜修改图纸。"

"有进展吗？"

"我们从苏格兰回来后的那个周末就开工。"

"孩子们张口只谈你们的假期。如果你们离开了，这里就空了。"

"你有笔友，时间很快就会过去了。"

索菲挤出一个微笑。

"我如果离开，真的不会影响你？"她朝热茶吹了一口气。

"当然会啊，你为什么会这么想？如果你幸福，我也幸福啊。"

索菲的手机在桌子上振动，她拿起电话，看到屏幕上面是书店的电话号码。

"你方便吗？"马提亚斯问道。

"没事。"

"我要请你帮个大忙，但你要答应我不跟安托万说。"

"当然！"

"你说话好奇怪。"

"当然，我很高兴。"

"你为什么高兴啊？"

"我坐九点的火车，来吃午餐。"

"他在你对面？"马提亚斯问道。

"正是！"

"该死……"

"我不会要你说的。"

安托万好奇地看着索菲。

"你这个周六能帮忙看孩子吗？"马提亚斯继续说，"安托万要去外省，我有重要的事情要做。"

"不行啊，改天吧。"

"你这个周末出发？"

"是的。"

"好吧，我明白我妨碍你了，我走了。"安托万起身离开。

索菲抓住他的手腕，让他重新坐下。她用手盖住手机的麦克风，承诺说她一分钟后打完。

"我知道我妨碍你了。"马提亚斯嘀咕着，"我自己搞定吧，你什么都不跟他说，好吗？"

"保证！看看你邻居家，我们永远都不会知道。"

马提亚斯挂了电话，索菲把电话放在耳边好几秒才放下。

"我也是，亲吻你，很快见了。"

"是你的笔友吗？"安托万问道。

"你还要咖啡吗？"

"我不明白你为什么不跟我说，我明白就是他。"

"那又能怎样？"

安托万一副高傲的表情。

"没什么，只是以前我们什么都说……"

"你意识到了吗？你也是这样评论你的室友的。"

"什么评论？"

"'以前我们什么都说'这种话……太好笑了。"

"因为他跟你提到我们吗？那么，他真是太嚼瑟了。"

"你不是想我们无话不说吗？！"

索菲亲吻了他的脸颊，回去工作。安托万走进工作室时，看到马提亚斯匆忙跑进了伊沃娜的餐厅。

"我需要你！"

"如果你饿了，那现在时间还早。"女老板从厨房里走出来。

"我是说正事。"

"我听你说。"她脱掉围裙。

"你周六能照顾一下孩子们吗？回答我'可以'，拜托了！"

"不行，我周六休假。"

"你周六不开餐厅？"

"是的，我有别的事情要做，我让借住在我这里的小女孩儿帮忙照看。你什么都不要说，这是个惊喜。但首先，今晚和明天我要先测试一下她。"

"你能扔下餐厅，那应该是很重要的事情，你去哪儿？"

"我问你为什么让我照顾孩子了吗？"

"我运气真好，索菲要离开，安托万去外省，你不知道去哪里，大家都不在乎我。"

"我很高兴看到你因此欣赏伦敦的生活。"

"我看不出来有什么关系。"马提亚斯抱怨道。

"以前你一个人过周末，你也抱怨过。我很高兴看到如果我们不在的话，你会想念我们。我发现你变了。"

"伊沃娜，你一定要帮我，这是件生死攸关的事情。"

"要找个周六有空的保姆，你真是太乐观了。好吧，让我清静

点，我还有工作，我看看能否帮你解决问题。”

马提亚斯亲吻了伊沃娜。

“你什么都不要跟安托万说……我靠你了！”

“你需要别人照看孩子，因为你要去旧书拍卖会，是吗？”

“差不多这样吧……”

“那么我还是搞错了，你一点都没变。”

傍晚时分，马提亚斯接到了伊沃娜的电话。她找到了解决方法。法语学校前校长达妮埃尔有空，而且她是个很值得信任的人。另外，她希望能提前见孩子的父亲一面。明天她去书店拜访他，如果他们谈成了，她周末可以帮忙照顾孩子。马提亚斯询问达妮埃尔是否能保守秘密，伊沃娜不屑于回答。达妮埃尔是她最好的三个朋友之一，绝不是嘴碎的人。

“你认为她了解幽灵吗？”马提亚斯问道。

“什么？”

“不，没事……一个想法而已。”

学校栅栏前，马提亚斯很高兴。钟声响起时，他必须假装严肃。

他们回到书店，艾米丽第一个注意到有些事情不太对。她的父亲从他们回来后就一言不发，还假装读书，证据就是同一页他看了十分钟。路易坐在长凳上看漫画，艾米丽围着收银台走来走去，然后坐下来。

“你很烦恼吗？”

马提亚斯放下书，看着他的女儿，不知所措。

"我不知道你为什么会这么说。"

路易放下书，专心偷听。

"我想我们可能要放弃苏格兰之行了。"马提亚斯严肃地说道。

"为什么？"孩子们吓坏了，齐声问道。

"是我的错，我在预订的时候没有说明会带孩子一起去。"

"然后，这是犯罪吗？"艾米丽异常愤怒，"他们为什么不让我们去？"

"他们有一些规则，我之前没注意。"马提亚斯诉苦道。

"哪些？"这一次轮到路易提问。

"他们接受孩子前往，条件是要了解幽灵相关的知识。不然安全措施不过关，组织者们不想冒风险。"

"那我们读书好了。"艾米丽回答，"你这里有吧？"

"我们三天后出发，我担心你们没有足够的时间准备。"

"爸爸，你要找到一个解决方法！"小女孩儿喊道。

"你也太好笑了，我一个早上都在想这件事！你以为我什么都没做？我花了一个早上在想解决方法。"

"好了，那你找到了吗？"路易再也坐不住了。

"我想应该是找到了，但不确定……"

"说啊！"

"如果我找到一个'幽灵教师'，你们这周六愿意接受一整天的强化课程吗？"

　　答复是一致同意。路易和艾米丽去找本子——小方格本——蘸水笔、彩笔，万一需要的话。

　　"啊，还有一件事，"马提亚斯非常严肃地说道，"安托万太爱你们了，一丝风吹草动他都很担心，那么这件事绝对不能告诉他。'闭嘴行动'开始！如果他得知组织者们对安全问题有疑虑，他会全部取消的。这件事只能我们知道。"

　　"但你确定，如果我们上完课，他们会让我们去？"路易很担心。

　　"你可以问我的女儿，那次我们决定去看恐龙时，效率有多高！"

　　"我向你保证，我们能做好。"艾米丽以非常确定的口吻说道，"自从天文馆事件后，大家都想让我做班长。"

　　当晚，安托万看到马提亚斯和孩子们之间交流的眼神。他们都在家里忙碌着。安托万觉得家庭生活越来越幸福了。

　　马提亚斯对来自安托万的赞美完全听不进去，他的思绪飘到了远方。他还剩下一个细节要跟伊沃娜的朋友确认，然后他就可以安排他自己的周六了。

　　恩雅坐在柜台后面，手里拿着一支笔，翻阅着招聘告示。伊沃娜递给她一杯咖啡，问她是否有空。年轻女人合上报纸。伊沃娜需要恩雅帮她一个忙。

　　"你今天能帮我一个忙吗？我会付钱的。"

恩雅转过身朝向试衣间。

"是你帮我的忙。"她说道。

恩雅知道试衣间在哪儿，她马上走过去穿上一件围裙，开始摆放大厅的餐具。这么多年来第一次，伊沃娜可以在厨房里度过一整个上午。等到大门被推开，她放下手中的炉子，发现恩雅已经接好了订单。她熟练地操作着大咖啡壶，非常老练地打开和关上吧台的冰箱。在关门的时候，伊沃娜决定了，恩雅完全有能力代替她周六上班。恩雅对客人很亲切，懂得引他们入座。她甚至成功地转移了麦肯锡的注意力，他看起来并不是很在状态。马提亚斯要了一杯咖啡，跟新的服务员交谈。他肯定在哪儿见过她。伊沃娜对他说，如果是为了搭讪，那么他的假期就要往后推了。在她那个年代，男人们用尽了愚蠢的借口来搭讪。马提亚斯发誓说不是这个原因，他肯定在哪里见过恩雅。

她打断了他，指给他看挂钟的时间，他跟达妮埃尔有个约会。

马提亚斯立刻出发去了书店。

因为做过校长的原因，达妮埃尔还保留着威严且不容置疑的姿态。她走进书店，在门毡上抖了一下雨伞，从书报架上拿了一份报纸。她决定在自我介绍之前先观察一下马提亚斯。她的职业生涯中一直采取这种方法。比如开学时，她在院子里研究家长们的态度，这种方法比在家长会上听他们的发言来得更有效果，可以更加了解他们。她总是说："生活不会给第一印象提供第二次机会。"她觉得了解够了，就向马提亚斯介绍自己，宣告她是伊沃娜派来的。他把达妮埃尔引到书店后方，为了回答她想提的所有问题。

是的，艾米丽和路易这两个孩子都非常可爱，教养也好。不，他们对父母的权威没有质疑。是的，这是他第一次请保姆，安托万是反对的。谁是安托万？他最好的朋友。艾米丽的教父！是的，她的妈妈在巴黎工作。是的，很遗憾他们分开了。对孩子们来说也是……但重要的是他们不缺少爱。不，他们没有被宠坏。是的，他们是好学生，特别勤奋。艾米丽的老师还觉得她数学特别好。路易的老师？他上一次很遗憾没有去参加家长会。不，他不是迟到了，一个孩子爬到树上下不来，他爬上去救他。是的，奇怪的故事，但没人受伤，这是最关键的。不，孩子们没有特别的饮食要求。是的，他们吃糖，但完全是合理的数量！艾米丽在上吉他课，完全不需要担心，她周六从不排练。

看到马提亚斯在啃手指甲，达妮埃尔没法继续保持严肃。她这样折磨他足够了。她在跟伊沃娜讲述这个面试时乐坏了，仿佛她们也在现场似的。

"你为什么笑？"马提亚斯问道。

"我不知道，是你试图说明吃糖的合理性，还是你爬上树的故事。路易是安托万的儿子，那么艾米丽就是你的女儿，我没搞错吧？"

"你认识安托万？"马提亚斯被吓坏了。

"我是伊沃娜最好的三个好朋友之一，有时候我们会提到你们。是的，我认识安托万。你放心，我会守口如瓶的。"

马提亚斯提到酬金的问题，但对达妮埃尔来说，能跟艾米丽和路易一起度过一天就已经是最大的乐趣。作为前校长，没有孙子辈的陪伴，真是一大遗憾。为此她还没有原谅她的儿子。

马提亚斯可以自由安排他的周六，度过安静的一天。达妮埃尔会想办法让孩子们度过扣人心弦的一天。扣人心弦？马提亚斯有个方法能让这一天变得难以忘怀。

前校长觉得这个主意非常棒，给孩子们讲述假期要去参观的景点的历史是非常有益的。她对英国很了解，参观过好几次苏格兰高地。但是马提亚斯说的"幽灵课程"到底是什么？马提亚斯来到一个书架前，取下了几本大部头书：《格子花呢的传说》《幽灵湖》《苏格兰幽灵：泰尼·麦克提米德》《在苏格兰旅行的小幽灵》。

"有了这些书，你就战无不胜了！"他把这一堆书递给她。

他陪她走到了书店门口。

"书店的礼物！千万不要忘记最后的小测试！"

达妮埃尔走到街上，怀里抱着一堆书，遇到了安托万。

"生意不错啊！"安托万吹着口哨走进了书店。

"我能为你做什么？"马提亚斯用无辜的口气问道。

"我明天清晨就出发，你给孩子们安排好节目了吗？"

"一切就绪。"马提亚斯回答。

当晚，马提亚斯很难安静地就餐。他借口找毛衣，房间里很冷，不是吗？他跑去看奥黛丽的短信：我整个周末都在剪辑室里加班。过了一会儿，回到房间里，他听到的不是闹钟吗？他得知她必须重新剪辑她的伦敦之行：我的技术人员都绝望了，所有的画面都是歪的。十分钟后，他把自己锁在浴室里，向奥黛丽表达了他的惊讶：我向你发誓，从摄像机的镜头里看，一切都很完美！！！

晚上的营业结束了。伊沃娜在关上门后舒了一口气。恩雅在柜台后面洗玻璃杯。

"今晚我们干得不错啊？"年轻的服务生问道。

"三十张台，对一个周五晚上来说不错了，还有主菜吗？"

"都卖光了。"

"今晚真不错。你明天也会干得很棒。"伊沃娜在大厅里收拾餐具。

"明天？"

"我明天休假，我把餐厅拜托给你。"

"真的吗？"

"不要把杯子放在这个架子的脚下，当大咖啡机运作的时候它们会晃动，你可以在收银台的抽屉里找到零钱。明天晚上，记得把菜单放在你的房间里，你永远也说不准。"

"你为什么这么信任我？"

"为什么不呢？"伊沃娜在打扫地板。

年轻的服务生靠近她，拿走了她手里的扫帚。

"开关在你后面的壁柜里，我去睡觉了。"

伊沃娜爬上楼梯，走进房间。她快速洗漱完，然后躺在床上。在被子里，她听着大厅传来的声音。恩雅刚刚打碎了一个玻璃杯。伊沃娜笑了，关了灯。

安托万跟孩子们一起就寝，这一夜很短暂。马提亚斯把自己关在卧室里跟奥黛丽发短信。直到十一点，奥黛丽告诉他，她要去咖啡店。餐厅在地下室，他没法跟她团聚。她告诉他，她也很想回到他的怀抱里。马提亚斯打开衣柜，把所有的衬衣放在床上。试了好几件之后，他选了一条意大利领口的白色衬衣，这是最适合他的。

索菲合上了椅子上的小行李箱。她拿着火车票，确认了出发时间，然后走进浴室。她靠近镜子，检查自己的皮肤，伸出舌头，做了个鬼脸。她穿上门后挂着的 T 恤，然后回到了卧室。她调好了闹钟，躺在床上，关上灯，祈祷睡意尽快降临。明天，她希望自己是一脸精神的模样，尤其是不能有黑眼圈。

艾妮埃尔扶了一下鼻梁上的眼镜，一头扎进她的大格子本里。她拿着一把尺子，用黄色的记号笔标记了她刚刚抄下来的章节标题。她把《苏格兰幽灵》的第二卷放在书桌上，大声朗读面前那一页的第三行。

艾米丽轻轻地打开门。她踮着脚穿过楼梯平台，来到路易房间门口轻轻敲门。小男孩儿穿着睡衣出现在门口，她一下子把他拖到楼梯口。他们来到厨房，路易打开冰箱的门，这样能稍微看得清楚点。两个孩子小心翼翼地摆放早餐桌。艾米丽倒橙汁，然后把麦片盒在餐具前一字排开。同时路易来到父亲的书桌前，用手指敲击键盘。整个行动最危险的时刻来了，他闭上眼睛按了打印键，全力祈祷打印机不会吵醒父亲们。他等了一会儿，捉住了那张吐出来的纸。文章在他看来很完美。他把这张纸对折，让它能竖立在餐桌上，然后把纸递给艾米丽，最后再看一眼。一切就绪，两个孩子上楼睡觉。

第七章
光荣与骄傲

就算我死了，我也永远不会离开你。如果有来世，你是我存在的缘由。

　　五点半，南肯辛顿的天空还是粉红色，朝霞微微显露。恩雅关上窗户，继续睡去。

　　闹钟显示五点四十五分，安托万从衣柜里拿出一件毛衣，披在肩上。他从书桌底下拿起包，打开它检查文件是否齐全。施工图在，绘图工具在，他合上包，然后下楼。他来到厨房，发现了为他精心准备的早餐。他打开竖立在盘子前的纸片，读了出来："谨慎驾车，不要超速，系上安全带（就算你坐后面）。我给你准备了一个保温杯。我们等你回来吃晚餐。记得给孩子们带礼物，你每次出门他们都很开心。"安托万非常感动，拿起了保温杯，拿上放在入口小托盘里的钥匙，走出了房子。他的车停在路边。空气中弥漫着春天的气息，天空放晴，路程很美好。

索菲走进小公寓的厨房泡咖啡，看了一眼微波炉上的时间，六点，她得快点了，如果她不想错过火车的话。她看了一眼衣柜里挂着的裙子，最后决定穿衬衣和牛仔裤。

六点半，伊沃娜关上后院的门，手里拿着一个小箱子。她戴着墨镜，朝南肯辛顿的地铁站走去。恩雅房间里的灯亮了。年轻的女孩儿醒了。伊沃娜可以安心地离开，这个小女孩儿是靠谱的。无论如何，总比白天关门好。

达妮埃尔看了一下表，七点整，她喜欢精确的时间。她按了一下门铃。马提亚斯让她进来，给她递上一杯咖啡。咖啡机在台面上，杯子在沥水架上，糖在洗碗池上方的柜子里。孩子们还在睡，周六他们一般九点起床。她还有两个小时。他穿上一件外套，在入口的镜子处整理了一下衣领，把头发理了理，对她再次表示感谢。他最晚晚上七点回来。电话答录机接好了，如果安托万打过来千万别回答。如果他要找她，他会先响两下就挂断，然后再打一次。马提亚斯离开了家，跑到街上，叫了一辆出租车，前往老布朗普顿。

达妮埃尔一个人在巨大的客厅里，打开书包，拿出两个"清澈泉水"牌子的绘图本，一本封面上画着蓝色幽灵，另一本封面上画着红色幽灵。

马提亚斯穿过斯隆街，清晨的这个时间点，街上还空无一人。他看了一下手表，整点到达滑铁卢车站。

地铁出口正对着滑铁卢桥。伊沃娜搭乘手扶梯。她穿过街道，看到圣·文森特医院的大玻璃窗。七点半，她还有时间。人行道上，一辆黑色的出租车飞速前往火车站。

八点，索菲把小手提箱提在手里，叫了一辆出租车。"滑铁卢国际机场。"她关上门时说道。黑色出租车往斯隆街驶去。城市开始热闹起来。伊顿广场周围，玉兰花、杏花、樱桃花竞相盛开。女王宫殿前的大广场上挤满了排队参观卫兵交接的游客。整个旅程最美丽的部分开始于鸟笼大道，只需要转过身就可以看到几米开外，圣詹姆斯公园草地上灰色的苍鹭在啄食。一对年轻的夫妻沿着一条小路走着，手里牵着一个小女孩儿，他们把她提起来迈着大步走。索菲靠近前面的座位，对司机说了几句话。下一个红绿灯路口，车子换了个方向。

"你的板球比赛？今天不是决赛吗？"伊沃娜问道。

"我没有询问你是否允许我陪你。我就知道你会拒绝我。"约翰站起来说道。

"我不明白你花一个上午陪我有什么意思。病人们不准陪同。"

"等拿到结果后，我确信肯定没问题，我就带你去公园吃午餐。然后我们还有时间观看下午的比赛。"

现在是八点一刻，伊沃娜向日间护士站出示了检查通知。一个护士前来迎接她，推着一个轮椅。

"如果你们做出的一切行为都在提示我生病了，那我怎么会好起来呢？"伊沃娜拒绝坐轮椅。

护士表示抱歉，但不能违反医院的规定，保险公司要求所有病人坐轮椅出行。伊沃娜很愤怒，但还是接受了。

"你笑什么？"她问约翰。

"因为我意识到，这是你这辈子第一次被迫做一件事情。这一幕，比板球决赛还值得。"

"你知道吗，你将会为这个玩笑付出百倍的代价。"

"千倍的代价都可以，我乐意。"约翰笑着说道。

护士推走了伊沃娜。约翰一个人的时候，微笑从他的脸上消失了。他深深地呼了口气，拖着沉重的身躯走向等候室的长凳。墙上的钟显示着九点，上午还很漫长。

索菲回到自己家，打开箱子，把行李放到衣柜里。她穿上白色的罩衣，离开房间，往花店走去。她在手机上编辑了一条短信：这个周末没法来，帮我亲吻父母，爱你的妹妹。她按了"发送"键。

九点半。马提亚斯坐在窗边，看着飞驰而过的英国乡下的景色。广播宣告列车驶入了长长的隧道。

"在通过海底时，你不会觉得耳朵疼吗？"他询问对面的乘客。

"有一点嗡嗡声。我每周一个来回，我很清楚副作用，这对某些人来说还是挺严重的。"老太太继续看书。

安托万打开转向灯，离开了 M1 公路。这条路是他旅行中最爱的部分。按照这个速度，他能提前半个小时到达木匠家。他拿起副驾座位上的咖啡保温杯，用两条腿夹住，然后用一只手打开了杯盖，另一只手握着方向盘。他拿起杯子喝了一口。

"笨蛋，这是橙汁！"

远处有一辆"欧洲之星"，不到一分钟，它就消失在英吉利海峡的隧道里。

布特街还是很安静。索菲打开橱窗的栏杆，离她几米远的恩雅开始准备餐厅的露台。索菲朝她微微一笑。恩雅走进餐厅，过了一会儿走出来时手里拿着一个杯子。

"小心，很烫。"她递给索菲一杯卡布奇诺。

"谢谢，你太好了。伊沃娜不在吗？"

"她今天休假。"恩雅回答。

"她跟我说过的，我心不在焉。别告诉她你今天见过我，没必要。"

"我没放糖，我不知道你要不要糖。"恩雅说完回去工作了。

花店里，索菲把手放在整理花的工作台上。她转到台子后面，低下身拿出一盒子信。她从一沓信里拿出一封，然后把盒子放回原位。她坐在地板上，柜台挡住了她，她低声朗读，眼睛湿润了。她真是个笨蛋，喜欢自我折磨。今天还只是周六，通常来说周日才是她最悲惨的日子。寂寞来袭，如此强大。矛盾的是她没有勇气或力量去亲人身边寻求安慰。当然，她本可以回复她哥哥的邀请。这一次不要放弃，他会来车站接她，都说好了的。

她的嫂子和侄子会给她提好多关于旅途的问题。回到父母家，父亲或者母亲会询问她过得好不好，她也许会哭成个泪人。要怎么告诉他们，她有三年没有在一个男人的怀抱里入睡了呢？要怎么跟他们解释，就连吃早餐的时候，她看着杯子都会窒息？要怎么向他们描绘，晚上回到家时她的步子有多么沉重？唯一能放松的时刻，就是假期，她跟朋友一同去度假。但是假期总会结束，寂寞重新来袭。于是，她哭个不停。至少她还在这里，至少没人看见她。

尽管还有个小小的声音在提醒她现在还来得及去赶火车，又有什么用呢？明晚回来的时候，一切只会更加糟糕。因此，她宁愿打开行李箱，这样更好。

巴黎北站的人行道上，乘客们排起了长队。马提亚斯从"欧洲之星"下来四十五分钟后，才坐上了一辆出租车。司机向他解释，自从火车站周边施工以来，他的同事们就不愿意过来接客人了。超现实主义的旅行，刚到达就开始新的冒险。他们一致认为城市交通的设计者应该不住在巴黎，或者是从奥威尔[1]的小说中跑出来的角色。司机对伦敦中心的交通很感兴趣，那里刚刚设置了收费站。但

---

[1] 译注：英国作家。

是马提亚斯只对计价器上的时间感兴趣。他们在玛根塔大街遇上了堵车，这时离蒙帕纳斯大厦广场还很远。

护士把车子推到地面标识处。伊沃娜看起来气色不错。

"好了，我现在可以站起来了吗？"

"当然可以。"约翰说道，医院不会留念她的。但他错了，年轻女人亲吻了伊沃娜的脸颊，她好多年没有这样笑过了。伊沃娜顶撞主管吉斯贝尔的场景还深深地留在她和同事们的脑海里，就连走出去的时候，她还会因为伊沃娜询问主管是"搞笑博士"还是"医学博士"而笑出声来。

"他们对你说了什么？"约翰低声问道。

"你还要继续在我身边陪伴几年。"

伊沃娜戴上眼镜，研究刚才医务人员从柜台递给她的账单。

"你要向我保证，这笔钱不会掉进刚才照顾我的那位医生的口袋里。"

收银员向她保证不会发生这种事，但是拒绝收取她的支票。他的诚实拒绝自己二次收费。站在她后面的男人已经结清了费用。

"你为什么这么做？"

"你没有保险，这些检查会让你破产的。我做了我该做的，我的伊沃娜，你从不让我照顾你。这一次，趁你转身，我利用了这个机会。"

她站起来，踮着脚，亲吻了一下约翰的额头。

"那么，继续照顾我好了。带我去吃午餐吧，饿坏了。"

恩雅的第一批客人坐在露台上。一对情侣看了一下今天的菜单，询问他们是否可以点上周吃过的主菜：生菜蒸三文鱼。

两百米开外，一辆车经过一家木工厂的红砖门。安托万把车子停在院子里，步行来到接待处。老板张开双臂迎接他，然后带他去了办公室。

无论如何，幸运天使今天没有在他的身边。在遭遇堵车后，马提亚斯在蒙帕纳斯车站的广场中央迷路了。大厦一个好心的保安给他指了路。电视台的工作室在大厦对面，他需要走到奥利维大街和沃吉哈赫大道，在巴斯德大道左转，然后在第二个路口左转，跑过去大概十分钟。马提亚斯中途停下来找街头小贩买了一束玫瑰，然后来到了工作室入口处。一个保安让他出示证件，在管理处的花名册上寻找呼叫号码。他打通后，告知一个技术人员在接待处有人找奥黛丽。

她穿了一条牛仔裤和一件小背心，很好地勾画出她胸部的曲线。她的脸看到马提亚斯就红了。

"你在这里做什么？"她问道。

"我在散步。"

"真是美好的惊喜。但我求你把花藏起来，大家都在看着我们。"她低声说道。

"我只看到玻璃窗后面的三个人。"

"那三个人分别是剪辑师、信息部主任和法国广播电视机构最八卦的记者。我求你了，低调点。不然我会被议论上两周的。"

"你有空吗？"马提亚斯把花藏在身后问道。

"我会告诉他们，我要离开一会儿。在咖啡厅等我，我一会儿来见你。"

马提亚斯看着她穿过走廊。在玻璃窗后面，可以看到电视台，那里正在进行十三点新闻的剪辑工作。他走近了一些，主持人的面孔在他看来很熟悉。奥黛丽转过身瞪了他两眼，手指向出口。马提亚斯只得服从，半路折回去。

她在小径尽头见到了他。他在一张长凳上等她。在他的身后，三场网球赛正在巴黎的球场上进行。奥黛丽拿着花，坐在他的身边。

"这些花很漂亮。"她亲吻了他。

"你得小心点，在我们身后，社区空间发展部的三个干事在跟对外安全总局的三个家伙对决。"

"刚才不好意思，但你不清楚那里是什么情况。"

"比如电视台？"

"我不想把私人生活带进工作中。"

"我明白了。"马提亚斯低声说道，看着奥黛丽放在膝盖上的花。

"你不高兴啊？"

"是的。我一大早坐火车，我不知道你是否意识到我见到你有多么高兴。"

"我也很高兴啊。"她再次亲吻他。

"我不喜欢躲躲藏藏的爱情故事。如果我对你有感情，我希望能对全世界说，我希望我身边的人能分享我的幸福。"

"那你呢？"奥黛丽笑着说。

"还没到时候……但我会说的。我不觉得这有什么好笑的，你笑什么？"

"因为你说到爱情故事，这个实在是太让我开心了。"

"那么你很高兴见到我吗？"

"笨蛋！走吧，我真是白在一家自由电视台工作了。就像你说的，我自己都没有自由时间。"

马提亚斯牵过奥黛丽的手，把她带到一家咖啡店。

"我们把花放在了长凳上！"奥黛丽放慢了脚步。

"算了，它们很丑，我在大厦的广场上买的。我本来想送给你一束真正的花，但我出发的时候索菲的花店还没开门。"

奥黛丽什么都没说，马提亚斯补充说道：

"一个女性朋友，布特街上的花店。你看你不是也会吃醋吗？"

～～～

一个客人走进了花店，索菲整理了一下罩衣。

"您好，我是为了房间来的。"男人跟她握了一下手。

"什么房间？"索菲好奇地问道。

他看起来像是个探险家，但迷路了。他解释说他今天早上从澳大利亚来，在伦敦转机，第二天上午出发去墨西哥东海岸。他在网上订了酒店，甚至支付了订金，他按照预订的地址来到这里。

"我这里有野玫瑰、向日葵、牡丹，这些都是当季的花，它们都开得很美。但我这里没有酒店房间。"她开怀大笑，"我想您被骗了。"

男人很不高兴，把箱子放在一个包裹旁，可以从外形判断那是个冲浪板。

"那您知道哪里可以入住吗？"他的口音暴露了他是澳大利亚人。

"离这里不远有家很漂亮的酒店。一直往上走，走到老普朗普顿街的另一边，十六号。"

男人非常感谢她，然后拿起行李。

"您的牡丹真是美极了。"他出门的时候说道。

～～～

木工厂的老板在研究图纸。无论如何，麦肯锡的计划很难在预期内完成。安托万的方案让工作简单多了。木头还没开锯，如果想替换之前的订单还是没问题的。两人握手，表示协议达成。安托万可以安心去苏格兰度假了。他回来后的那个周六，卡车会把家具送到伊沃娜的餐厅。工人们开工，周日晚上可以完工。现在，他要去谈其他在进行的计划了，离这里十千米远的小酒馆里有两个座位在等着他。

马提亚斯看了一下表，已经下午两点了！

"我们在这个露台上多待会儿可以吗？"

"我有个更好的主意。"奥黛丽牵着他的手。

她住在雅瓦勒港口对面的单人间，坐地铁到那里只需要一刻钟。她打电话告诉她的编辑会迟到一会儿，马提亚斯打电话更改回去的火车时间。地铁飞速前行，在德比尔哈克姆站停下来。他们俩跑下手扶梯，在格勒内勒岸边飞奔着。他们到达大厦的广场时，马提亚斯喘不过气来，手扶在膝盖上，然后站直了观赏这栋建筑。

"哪一层？"他气喘吁吁地问道。

电梯直达二十七楼。电梯间是透明的，马提亚斯只注意到奥黛丽。一走进单间，她就跑到可以看见塞纳河的窗边，把窗帘放下来，担心他恐高。她脱下小背心，让牛仔裤滑到了脚边。

露台上人来人往，恩雅跑来跑去。她刚给一个澳大利亚冲浪者结账，非常乐意照看他的冲浪板。他只需要把板子放在办公室的墙边。餐厅一直开到晚上，他可以在晚上十点之前回来取。她给他指了路，然后继续工作。

约翰亲吻了伊沃娜的手。

"多长时间？"他抚摸着她的脸颊。

"我跟你说过，我会长命百岁的。"

"医生们跟你说过什么？"

"往常一样的蠢话。"

"比如你要照顾好自己？"

"类似这样的话吧，你也知道他们的口音。"

"你退休吧，跟我去肯特郡住。"

"如果我听你的话，那我真还不如早点死。你很清楚的，我放不下我的餐厅。"

"你现在已经做得很不错了。"

"约翰，如果我的餐厅在我死后就关门，那我等于死了两次。你爱我本来的模样，我也是因为这点才爱你。"

"只是因为这个？"约翰用嘲讽的口吻问道。

"不，还有你的大耳朵。我们去公园吧，不然会错过你的决赛。"

今天，约翰好好嘲讽了一番板球赛。他在篮子里拿了点面包，结账后，挽着伊沃娜的手，把她带到湖边，给靠近他们的鹅喂食。

安托万感谢了工作室主管的好意，两个人回到工厂，安托万向他解释图纸的详情。再过两个小时，他就可以上路了。无论如何，他没有任何原因着急，因为马提亚斯跟孩子们在一起。

奥黛丽点了一根烟，然后靠在马提亚斯的怀里。

"我喜欢你皮肤的味道。"她抚摸着他的胸膛。

"你什么时候回来？"他吸了一口气。

"你抽烟吗？"

"我戒了。"他咳了一声。

"你会错过火车的。"

"你的意思是你要回工作室了？"

"如果你想的话，我去伦敦看你。我需要先完成这个报道的剪辑工作，但现在还早得很。"

"图像有这么差吗？"

"不能更糟糕了，我被迫去资料库里找图片。我在想为什么我的膝盖让你这么烦恼，你基本上只拍了我的膝盖。"

"那是取景框的问题，不是你的问题。"马提亚斯穿上衣服。

奥黛丽让他不要等她。她利用在家的时间换套衣服，拿上过夜的东西。为了补上这个空当，她今晚得熬夜。

"真的是在浪费你的时间吗？"马提亚斯问道。

"不是的。但你真是笨死了。"她亲吻了他。

马提亚斯站在走廊上，奥黛丽注视着他。

"你为什么这么看着我？"他按了电梯的按钮。

"你生命中没有其他人吗？"

"当然有，我的女儿。"

"赶紧进去！"

她送给他一个飞吻，然后把房间的门关上了。

"你的火车是几点？"伊沃娜问道。

"既然你不想我们去你家，肯特郡对你来说也太远了，不然我们去大旅馆住？"

"你和我住酒店？约翰，你觉得我们俩多大了？"

"在我的眼里，你不老。当我跟你在一起时，我也不觉得老。我眼里只有年轻的你第一次走进我书店时的模样。"

"你是唯一这样看的人！你还记得我们在一起的第一夜吗？"

"我记得你哭得像个泪人。"

"我哭是因为你没有碰我。"

"我没有碰你，是因为你害怕。"

"是因为你明白我在哭，笨蛋。"

"我预订了一个套间。"

"我们去你的大旅馆吃晚餐吧，然后再看情况。"

"我有权利灌醉你吗？"

"我觉得自从遇见你，你就让我陶醉不已。"伊沃娜握紧了他的手。

晚上七点半，安托万的车子在路上飞速前行。萨塞克斯是个美丽的地方。安托万笑着，远处"欧洲之星"停在田野间。车上的旅客还远远没到目的地，而他离伦敦只剩下两个小时左右的车程。

七点三十二，检票员宣布列车晚点一个小时。马提亚斯本来想打电话给达妮埃尔，安托万没有任何原因比他早到，但还是最好准备一下借口。乡下很美丽，但非常遗憾，铁路附近，他的手机没有信号。

"我讨厌羊群。"他透过窗户看出去。

一天快结束了，索菲在整理抽屉里散落的花瓣。她总是会在花束里撒上几片花瓣。她关上花店，脱下罩衣，从后门出去。空气很清新，光线实在太美，回家太可惜。恩雅邀请她在空位置坐下，空位置还有很多。餐厅里，那个看起来像是冒险家的男人一个人吃着晚餐。她回他一个微笑，犹豫了一下，然后向恩雅示意她要去那个男人身边吃饭。她总是梦想去游览澳大利亚，她有好多问题要问。

晚上八点，列车终于到达滑铁卢车站。马提亚斯匆忙跑下站台，从手扶梯跑上来，把路上其他人推开。他第一个来到出租车站点，向司机许诺额外的小费，如果他能在半个小时内到达南肯辛顿。

车子控制面板上显示八点十分，安托万犹豫了一下，改道来到布特街。花店的铁门紧闭，因为这个周末索菲去旅行了。他的胳膊放在邻座空位的椅背上，车往后退，然后走上了克拉伦维尔街。家门口正好有个位置，他在那里停好了车，从后备厢里拿出木工厂主管做的两个小型木雕：给艾米丽的木头小鸟，给路易的木头飞机。这下马提亚斯就不能责怪他忘记给孩子们带礼物了。

他走进客厅，路易跳进了他的怀抱，艾米丽勉强抬起头，她跟塔蒂·达妮埃尔刚刚画完一幅画。

索菲刚刚在悉尼"吃了"头盘，在佩斯"吃了"比目鱼，在布里斯班"品尝了"焦糖布丁。她决定了，改天一定要去澳大利亚一趟。很遗憾，鲍勃·华利可能很长一段时间内没法做她的导游。他明天出发去墨西哥，开始他的环球旅行。一个海边度假中心向他许诺一份为期六个月的帆船教练工作。然后呢？他不知道。生活会带领他前行。他幻想过阿根廷、巴拿马，美国的西海岸是他明年的第一站。他跟朋友们约好了来年春天去追浪。

"具体是西海岸哪里？"索菲问道。

"在圣地亚哥和洛杉矶之间。"

"你们有明确的目的地吗？"索菲开怀大笑，"你怎么跟你的朋友们见面呢？"

"口口相传，我们总是能找到对方。冲浪者的世界是个小家庭。"

"然后呢？"

"圣弗朗西斯科，必须在金门大桥下面玩一次帆船。然后再找一艘货轮，带我去夏威夷群岛。"

鲍勃·华利计划在太平洋待两年，那里有很多有待开发的珊瑚岛。在买单的时候，恩雅提醒年轻的冲浪者不要忘记他托付给她的冲浪板还放在办公室的墙角里。

"他们不让你放在房间里？"索菲问道。

"我之前订的房间价格比较便宜……"鲍勃不太好意思。

为了继续他的旅程，他必须节衣缩食。他一晚的住宿费就足够他在南美洲过一个月了。但索菲完全不需要担心。天气很好，伦敦的公园很美丽，他喜欢在露天的地方睡觉。他习惯了。

索菲要了两杯咖啡。一个澳大利亚冒险家出发去墨西哥，起码要半个世纪才会结束他的旅行。难道不用担心他在外面过夜吗？那真是不了解她啊！她突然觉得很罪过，今天早上错误地指引了他。这事跟她有关，如果这个英俊的冲浪者找不到价格合理的住宿地方……他的酒窝实在太可爱了。为了减少她的负罪感，也只是为了减少负罪感。他微笑时，他的酒窝实在太深了，他的手真美啊。如果他还可以再笑一次，就微微一笑。她只需要勇气，无论如何，说出口并不难。

"你不了解这个地方很正常，但是伦敦经常下雨，随时随地，特别是晚上。下雨时，那可是瓢泼大雨啊。"

索菲偷偷把账单放在膝盖下，卷成一团，然后扔在桌子下。她示意恩雅明天再来买单。

过了一会儿，鲍勃·华利屈从了，跟索菲走进了她的公寓。在预订的卡尔顿酒店套间的门口，约翰·克洛维让伊沃娜先进去。当马提亚斯把钥匙插进房子的门闩时，安托万开了门，他刚刚陪达妮埃尔去坐出租车。

画面在身后飞速跳过，奥黛丽按下剪辑键打断画面的进程。屏幕上，她认出了废弃的发电厂和四根巨大的烟囱。人行道上，她微笑着拿着麦克风。她的脸完全是模糊的，但她记得很清楚她是微笑的。她离开了桌子，决定去咖啡店买一杯热乎乎的咖啡。夜晚还很长。

马提亚斯面向水槽站着，手上擦拭着餐具。在他旁边，安托万穿着围裙，手上戴着橡胶手套，用一块海绵使尽全力地擦洗一把长柄大汤勺。

"不会把海绵弄坏吗？"

安托万没理他。整个晚上，他没说一句话。晚餐过后，艾米丽和路易感觉到房间里酝酿着一场暴风雨，他们决定躲到一边去复习白天的功课。达妮埃尔在出发之前给他们布置了作业。

"你心理变态！"马提亚斯把盘子放在沥水架上。

安托万踩住垃圾桶的踏板，把汤勺和海绵都扔了进去。他蹲下去从柜子里拿了个新的。

"首先，我违反了你神圣的规则！"马提亚斯继续说，双手高举，"我傍晚的时候要出去两个小时，只是两个小时而已。我总可以请伊沃娜的朋友帮忙照看孩子吧，你在生什么气？再说，孩子们都喜欢她。"

"一个保姆！"安托万反驳道。

"你正在洗塑料的大口杯。"马提亚斯吼道。

安托万脱下围裙，扔在地上。

"我提醒你，我们说过的……"

"我们说过要开开心心地过日子，而不是在巴黎展会上争当干净先生。"

"你要遵守规则！"安托万回复，"我们制定了三个规则，三个小小的规则……"

"四个！"马提亚斯针锋相对地反击，"我没有在房间里抽一根烟，拜托！你让我累死了，我去睡了。啊，假期真是太美好了！"

"跟假期没关系。"

马提亚斯走上了楼梯，在最后一级台阶停下来。

"听着，安托万，从明天开始，我改变规则。我们像正常的家人一样生活。如果我们有需要，就请保姆。"他说完就走进房间。

安托万一个人站在灶台后面，他脱下手套，盘腿坐在地上。艾米丽拿着剪刀，路易拿着胶水。他们小心翼翼地剪下照片，贴在他们的本子上。

"你们到底在干吗？"

"关于家庭的演讲！"艾米丽和路易把功课藏起来。

安托万迟疑了一会儿。

"该去睡觉了，明天一大早出发去苏格兰。去吧，大家都去睡觉吧。"

艾米丽和路易不再祈求，他们收拾好了物品。安托万跟儿子谈过之后，关上灯，在半明半暗里站了一会儿。

"你那份关于家庭的演讲作业……你在交给老师之前读给我听一下好吗？"

安托万走进浴室，跟马提亚斯面对面。马提亚斯已经穿上了睡衣，在刷牙。

"我要告诉你，是我付钱请的保姆！"他把杯子放在台子上。

马提亚斯跟安托万说再见，然后走出了浴室。五秒钟后，安托万打开门冲走廊大吼道：

"下一次，你自己付钱上法语课，因为你今天早上的留言条里全是拼写错误。"

但是马提亚斯已经走进房间了。

最后的客人也离开了。恩雅关上门，关了餐厅正面的霓虹灯。她打扫大厅，确保椅子都摆放整齐，然后回到了餐厅。她最后一次检查，一切都收拾好了。她来到收银台把零钱清空，按照伊沃娜说的，账单都记了账。她把小费跟账单分开，把钱放在一个信封里，把信封藏在床单下，等伊沃娜回来的时候交给她。恩雅想把收银机的抽屉推回去，但是卡住了。她把手伸进去，发觉后面有什么东西。那是一个很旧的钱包，古铜色且发绿。恩雅出于好奇打开了钱包。她在里面找到了一张发黄的信纸，她打开看。

我的女儿，我的宝贝：

这是我写给你的最后一封信。一个小时后，他们就要枪决我了。我出发的时候会抬起头，很骄傲地什么都不说。不要因为这个降临在我们身上的不幸而担心，我只不过死一次。而那些要开枪的浑蛋会死上无数次，历史不会忘记他们。我给你留下了名字的遗产，你将会因此感到骄傲。

我本来想去英国，但我现在在一个法国监狱里流血。对我来说，你的自由值得我付出生命的代价。我为了更美好的生活而奋斗。我相信你会实现我从没实现的梦想。

不管过程如何，永不放弃，人类的自由值得付出代价。

我亲爱的伊沃娜，我想到那天带你去摩天轮，你穿着小碎花裙多么漂亮。你的手指向巴黎的屋顶，我记得你许的愿。在他们逮捕我之前，我为你藏了一些闲钱，会派上用场的。我知道梦想没有价格，但是这笔钱至少会帮你实现梦想。我那时候已经不在了。我把钥匙放在钱包里，你的母亲会告诉你在哪儿。

　　我听到脚步声越来越近，我不害怕。但我为你感到害怕。

　　我听到牢房门闩里钥匙的声音。一想到你我就笑，我的女儿。院子里，我被绑在柱子上。我会说出你的名字。

　　就算我死了，我也永远不会离开你。如果有来世，你是我存在的缘由。

　　实现自我，你是我的光荣和骄傲。

爱你的爸爸

1943 年 8 月 7 日

　　恩雅很迷惑。她把信折好，然后放回钱包里。她把收银机的抽屉推回去，然后关上大厅的灯。当她上楼的时候，身后的木制台阶在咯吱地响，仿佛从没有离开过女儿的那位父亲的脚步声。

第八章 ____
假期之后 ____

不要起誓任何事情，相信我，生活比你想象得更丰富。

孩子们负责叫醒对方的父亲。路易在马提亚斯的床上跳啊跳，艾米丽突然掀开安托万的羽绒被。一个小时后，在一片尖叫声和乱挤乱撞中——马提亚斯找不到飞机票，安托万不确定是否关了水龙头——出租车开往盖特维特机场。他们跑过站台去办登机——最后一批乘客——在客梯关闭之前。英国中部航空公司的波音 737 在午餐时间抵达苏格兰。马提亚斯本来以为伦敦英语对他来说是件痛苦的事情，爱丁堡机场租车中心的工作人员让他明白苏格兰英语是件更痛苦的事情。

"我完全听不懂那个家伙说的任何一个字。车子就是车子，不是吗？我肯定他的嘴里有颗糖！"马提亚斯咆哮着。

"让我来吧，我来搞定。"安托万把他推开。

半个小时后，绿苹果色的雷诺甘果开上了九号高速公路，目的地是北方。他们经过林利斯哥的时候，马提亚斯许诺一个六球冰激凌给能读出这个城市名字的第一人。接下来他们在福尔柯克迷了路，车子兜兜转转。终于在夜幕降临时，他们来到了埃尔斯这个神奇的城市，那里的城堡仿佛悬挂在福斯河上。他们今晚在那里休息。

迎接他们的管家既丑陋又迷人。他的脸上布满了疤痕，左眼还绑了个眼罩。他高昂的嗓音跟他海盗船长的造型完全不符合。尽管天色已晚，在孩子们急切的要求下，他还是很乐意带他们去参观周边的设施。艾米丽和路易欢快地跳起来。管家打开大厅里两个神秘通道的大门，其中一扇门通往书房，另一扇门通往厨房。他带着他们来到城堡主塔的最高层，他非常正经地解释道：三号、九号、二十三号套房比其他房间在夜里更加凉爽，这很正常，因为这几个房间有幽灵。按照他们预订的要求，他保留了九号和二十三号套房，每个房间里有两张床。

安托万贴到马提亚斯的耳边说道：

"你摸一下他！"

"你说什么？"

"我让你摸一下他，我想确认他是真人。"

"你喝酒了吗？"

"你看他的脑袋……谁跟你说他不会是幽灵？是你想来这里的，你要搞定这件事。如果你想的话可以蹭一下他，我要亲眼看到你的手不会穿过他的身体。"

"你太好笑了，安托万。"

"我警告你，如果你不这样做，我不会前进一步。"

"随便你……"

借助走廊尽头的昏黄灯光，马提亚斯拧了一下老管家的屁股，后者吓得跳了起来。

"好了，现在你满意了吗？"马提亚斯低声说道。

老人转过身，用那只独眼盯着两个同谋。

"你们也许希望我把两个小孩儿安排在同一个房间里，你们俩在一个房间里？"

马提亚斯感受到问题的嘲讽意味，故作深沉地回答，每个孩子跟他们自己的父亲睡。

回到大厅，安托万靠近马提亚斯。

"我能跟你谈一会儿吗？"他把他拉到一边。

"还有什么事吗？"

"你别担心了，幽灵的故事只是为了搞笑，你不会真的以为这个地方有幽灵吧？"

"在滑雪道的缆车上，你问我山顶是不是真的有雪？"

安托万轻咳一声，转过身对管家说：

"好吧，我们所有人住一个房间，一张大床给孩子们睡，一张大床给家长们睡，我们挤挤就行。就像您说的，天气很冷，我们挤在一块儿暖和，不会感冒。"

艾米丽和路易欢呼雀跃，假期的开端非常美好。他们在餐厅的壁橱前吃晚餐，炉火的木头发出噼里啪啦的声音，大家都决定去睡觉。马提亚斯走向城堡主塔的楼梯。他们要住的套间实在是太棒了，两张有天盖的大床，红色雕刻木纹，窗户正对河岸。艾米丽和路易一熄灯就睡着了，马提亚斯说话说到一半就打起了呼噜。猫头鹰叫了一声，安托万贴着马提亚斯，一整晚没动。

第二天早上，一桌丰盛的早餐在他们出发前准备就绪。车子出发去下一站。他们有一整个下午去参观斯特灵城堡。火山岩的建筑物令人印象深刻，导游向他们讲述玫瑰夫人的故事，这个美丽且忧愁的名字来源于幽灵身上丝绸裙子的颜色。

有人说她是玛丽，1553 年在老教堂里加冕的苏格兰王后。其他人认为她是一个苦兮兮的寡妇，在寻找她老公的影子，后者在爱德华一世为了夺取城堡于 1304 年发动的战争中死去。

这些地方还是灰色夫人的幽灵出没的地方，玛丽·斯图尔特修道院把她从死亡边缘拯救回来，她当时正在忙着抢夺着火的床单。因此，每当灰色夫人出现，城堡里会发生一场事故。

"我多么希望我们可以在地中海俱乐部度假。"安托万嘀咕着。

艾米丽让他闭嘴，她只想听导游讲解。

另外，今晚要特别留心在墙垛徘徊的脚步声。玛格丽特·都铎每天晚上盼着詹姆斯四世回来，后者在抵抗他的小舅子亨利七世的战役中被俘失踪。

"我明白她失去了他，但她怎么能指望他会回来？"

这一次，路易让他的爸爸闭嘴。

～⌇～

第二天上午，路易和艾米丽比平时更加没耐心。今天，他们去参观格拉米斯城堡——苏格兰最美丽且闹鬼最凶的城堡之一。保安很高兴地迎接他们，导游生病了，但保安比他懂得更多。从房间到走廊，从走廊到主塔，这个驼背的老人向他们讲述女王年幼时住过这里，后来她成为迷人的玛格丽特公主。但这个城堡之所以出名，是因为这里曾经是苏格兰最臭名昭著的国王麦克白的居所。

这里的城堡不缺少幽灵。

钟楼的楼梯让保安累坏了，大家中途休息一下。马提亚斯趁机溜出来。他非常失望，手机还是没有任何信号。他最后发给奥黛丽的短信是两天前的。在前往其他房间的路上，他们得知可以看到一个年轻仆人的幽灵，他是在护城河里冻死的。还有一个没有舌头的女人，她在夜幕降临时会在楼梯上爬行。但最神秘的地方是那间会消失的房间。从城堡外面，人们可以清楚地看到它的窗户，但人们无法从内部找到入口。传说是格拉米斯公爵跟朋友们打扑克牌，钟楼的铃声宣告礼拜日到来时，他拒绝中断牌局。一个穿着黑色袍子的陌生人加入了牌局。仆人端来食物时，发现他的主人在一团火中跟恶魔打牌。这个房间被封闭起来，出口永远被关上了。保安在结束时补充说，今晚从他们的房间里，可以听到打牌的声音。

回到公园小径，安托万许了一个愿望，他再也受不了这些幽灵的故事。如果他要求"房间服务"，他绝对不想看到一个冰冻的年轻仆人端来食物，或者一个没有舌头的女人来添乱。

路易很生气，反驳说他对幽灵一点都不了解。安托万不知道儿子是什么意思，于是，他求助于艾米丽。

"幽灵和鬼魂是不一样的。如果稍微有些了解，你会知道有三种类型的幽灵：发光的、主体的、客体的。就算他们让你怕得要死，但他们是不害人的。而鬼魂是那些死去的坏人，他们本身就很邪恶。你明白了吗，这两者毫无关系，他们不一样！"

"不管是幽灵还是鬼魂，今晚我要去假日酒店睡！另外，我想知道你们两个什么时候成了幽灵专家？"安托万看着孩子们。

马提亚斯马上介入："你总不能因为孩子们受了教育而抱怨吧？"

马提亚斯在雨衣口袋里翻弄着他的手机。如果是现代化的酒店，他就有机会打电话了。这是向他的朋友求救的绝佳机会。他向孩子们宣布，今晚每个人都可以有自己的房间。尽管苏格兰城堡房间的床很大，他还是不习惯跟安托万一起睡。保安说房间很冷并不是真的，这几夜睡起来都很热。

他们朝车子走过去，走在路易和艾米丽前面。路易和艾米丽还在生气，城堡的幽灵也许会听到很奇怪的对话。

"我发誓你贴着我。你一直动个不停，然后还贴上来！"

"不，我没有！再说你还打呼噜了！"

"哈哈，我不信，没有任何女人说我打呼噜。"

"是吗？你最近一次跟女人过夜是什么时候？卡洛琳·勒布隆都说过你打呼噜！"

"闭嘴！"

晚上，他们住在假日酒店，艾米丽打电话给她的妈妈讲述白天在城堡的经历。瓦伦蒂娜很高兴听到她的声音。她也很想她，她每晚睡觉前都会亲吻她的照片。在办公室，她总是会盯着艾米丽放入她名片包里的小画。是的，对她来说时间太长了，她会马上回来，也许就是这个周末，等他们回到伦敦。如果爸爸在身边，就把电话递给他，她会跟他安排好的。她要参加周六的研讨会，散会后直接坐火车。说好了，她周日上午来接她，她们两个度过一整天。是的，像她们曾经那样。现在只需要想到城堡，好好享受爸爸提供的美妙假期。还有安托万……当然了！

马提亚斯和瓦伦蒂娜聊了会儿，然后把电话递给他的女儿。艾米丽挂掉电话后，他示意安托万偷偷看一下路易。小男孩儿一个人坐在电视机前，目不转睛地盯着屏幕，但是电视机是关着的。

安托万抱着路易，尽力安慰了他，给他双倍的爱。

在安托万给孩子们洗澡的时候，马提亚斯回到前台，借口把毛衣忘在了车里。

在大厅，他很幸运地听懂了门卫的话。但很遗憾，酒店只有一台电脑，在会计办公室，客人们只能在那里发送邮件。但是，这个员工很乐意帮他，只要他的老板转过身就行。过了几分钟，马提亚斯递给他一张字迹潦草的纸条。

凌晨一点，奥黛丽收到了一封邮件：

跟孩子们出发去了苏各兰[1]*，周六回，没法联系你。我很相你。*

马修

第二天早上，安托万坐在方向盘前，孩子们在后面系好了安全带，接线员穿过酒店的停车场，递给马提亚斯一封信。

亲爱的马修：

我很担心为什么联系不上你。祝你旅途愉快，我很喜欢苏格兰和那里的人。我尽早来看你，我也很想你……非常想。

你的赫本

他把纸折好，然后放进口袋里。

"什么东西？"安托万问道。

"酒店发票复印件。"

---

[1] 译注：这里的"苏各兰"和"相你"不是中文错误，是法语原文故意拼错造成一种幽默的效果。

"我花的钱，居然把发票给你！"

"你不能把它放入你的费用中，我可以！不要说话了，专心开车。如果我没看错地图，你要在下一个地方右拐。我说右拐，你为什么往左拐？"

"因为你地图拿反了，猪脑袋！"

车子驶向北方，前往高地。他们在一个名叫斯佩塞的迷人的村子停下来，这里出产威士忌。午餐过后，他们去参观著名的考德城堡。艾米丽说那里有三种幽灵，首先是穿紫色丝绸的神秘女人，然后是知名的约翰·坎贝尔，最后是没有手的忧伤妇人。听到居住在这里的第三种幽灵，安托万用力踩下了油门，车子开到了五十码以上。

"你干吗啊？"

"你们马上做选择，我们是吃午餐还是看没有手的女人，我没法两个都做。太过分了！"

孩子们摇摇头，拒绝做出任何评论。大家一致决定，安托万被踢出参观团，在旅馆等他们。

艾米丽和路易一到目的地就跑到纪念品商店，留下安托万和马提亚斯在桌旁。

"最让我觉得神奇的是，我们这三天睡的地方一个比一个恐怖，你居然还一脸很享受的表情！今天早上参观城堡的时候，你看起来快要飞起来了。"安托万说道。

"说到午餐，你想吃什么主菜？我想试试当地的特色。"马提亚斯看着菜单回答。

"要看有什么菜。"

"哈吉斯[1]。"

"完全不知道是什么，但就点这个吧。"安托万对餐厅老板说道。

十分钟后，老板端上一盘塞满了肉馅的羊肚子。安托万改变了主意，两个煎蛋就可以了，他再也不饿了。午餐结束时，马提亚斯和孩子们出发去参观，留下安托万一个人。

邻桌的年轻男人和他的女伴在讨论未来的计划。安托万偷听到那个男人跟他一样是建筑师，他一个人坐着无聊透了，这是两个很好的理由，他加入了他们的对话中。

安托万做了自我介绍，男人问他是否是法国人，他猜到了。安托万不应该觉得被冒犯，他的英语是不错的，但是那个男人在巴黎住过几年，很容易猜到他的口音。

安托万非常喜欢美国，想知道他们来自哪个城市，他也猜到了他们的口音。

这对夫妻来自西海岸，他们现在在圣弗朗西斯科生活，来这里度假。

---

[1] 译注：苏格兰羊杂碎肚，用剁碎的羊的心、肺、肝和燕麦、香料等调成馅，通常包在羊肚中煮成。

"你们也是来苏格兰看幽灵的吗？"安托万问道。

"不，我们家就有，只要打开壁柜就可以了。"年轻的男人看着他的女伴。

她在桌子下踢了他一脚。

男人叫作阿瑟，女伴叫作劳伦，两个人环游欧洲。他们的老朋友乔治·皮尔格和他的女伴去年走的这条路线。他们在旅途中的意大利站结婚了。

"你们也是来这里结婚的吗？"安托万好奇地问道。

"不，还没有。"神采飞扬的年轻女人回复道。

"但是我们在庆祝另一件幸福的事情。"他继续说，"劳伦怀孕了。我们今年夏天会迎接宝宝的到来。但现在不能说出口，目前还是秘密。"

"我不希望纪念医院得知这件事，阿瑟！"劳伦说道。

她转过身面对安托万。

"我刚刚转正，不想流言到处飞。没错吧？"

"她去年夏天被任命为部门主管，她的工作很忙。"阿瑟说道。

年轻的女医生才思敏捷，安托万被她跟同伴在一起时的情投意合打动了。他们要继续上路，不得不告别。安托万恭喜他们，答应不会泄密。如果哪天他去参观圣弗朗西斯科，他绝对不会没有原因就跑去纪念医院。

"不要起誓任何事情，相信我，生活比你想象得更丰富。"

阿瑟离开时递给他一张名片，让他承诺如果到加州一定给他打电话。

下午，马提亚斯和孩子们玩得开开心心地回来了。安托万应该一起去的，考德城堡太美了。

"明年我们去加州好吗？"安托万开车时说道。

"汉堡不对我的胃口。"马提亚斯回答。

"那么，羊杂碎布丁也不对我的胃口，但我还是来了这里。"

"好吧，明年再说。你不能开快点吗？我们太慢了！"

第二天，他们往南方出发，在尼斯湖停留了很久。马提亚斯打赌一百英镑，安托万不敢下水，结果他真的赢了。

周五上午，假期结束了。在爱丁堡机场，马提亚斯用短信"轰炸"了奥黛丽。他躲在报刊亭后面发了一条，然后去洗手池找包时又发了两条，第四条是在安托万通过安检时发的，第五条是在下客梯的时候发的，最后一条是在安托万把孩子们的衣服塞进行李箱时发的。奥黛丽很高兴他回来了，她非常渴望见到他，她很快就会去找他。

在回程的飞机上，安托万和马提亚斯又吵了起来，原因跟来的时候一样——都不想坐在靠窗口的位置。

安托万不喜欢被挤在角落里，马提亚斯提醒说他怕高。

"没有人在飞机上眩晕，大家都知道，你在瞎说什么。"安托万坐在他不想坐的地方，抱怨道。

"我看到了机翼！"

"是的，你可以不看啊！无论如何，你可以解释一下为什么要看机翼吗？你害怕它会折断吗？"

"我什么都不害怕！是你害怕机翼会折断，所以你才不愿意坐窗边。有气流经过时，是谁握紧拳头啊？"

回到伦敦，关于将两个男人紧紧联系在一起的友情，艾米丽是这样在日记里总结的：安托万和马提亚斯，他们是一个样子……但又不太一样。这一次，路易没有添加任何评论。

周五上午，在信息部主任的办公室里，奥黛丽得知了一个让她欢呼雀跃的消息。电视台的编辑部对她的工作很满意，决定把这个专题做得更深入。为了扩充内容，她要去阿什福德探访在那里居住的法语群体，最好的方法就是去采访那些家庭，在周六中午放学的时候。她也可以趁机重新补上之前因为某些原因不能用的拍摄画面。在信息部主任的工作生涯里，他从没有听说过"摄像机的取景框没法框住场景"这种事情，但万事开头难……一个专业的摄像师会在伦敦跟她见面。她要立刻回家收拾行李，她的火车在三小时后出发。

门打开了，但马提亚斯没想好是否要从书店后面出来。在这个时间点，大部分等待孩子放学的客人会来到书店翻翻杂志，几分钟后就离开，也不买书。突然，他听到一个嘶哑的声音询问他是否有《拉卡德 & 米查德：十八世纪文学》。他扔下手里的书，跑了出来。

他们四目相对，看到对方两个人都很吃惊。马提亚斯是完全没有预料到的。他把她拥入怀中，这一次轮到她眩晕了。她来了多久？她刚刚才到，为什么要谈到离开？因为时间在他看来很漫长。四天，太短了。她的皮肤很柔软，他好想她。她的雨衣口袋里有红砖巷公寓的钥匙。是的，他得想个办法找人照看他的女儿。安托万会搞定的。安托万？跟他一起去度假的人，不说了！他看到她实在是太幸福了，他很想听到她的声音。但她要承认一件事情，她感到有些害羞。他在苏格兰时，她因为很难联系上他……怎么开口呢。她承认她最后以为他已经结婚了，他在欺骗她。所有的短信都是晚餐前发送的，然后整个晚上没有消息。她很抱歉，因为过去受伤留下的疤痕。他当然不会怪她。相反，现在一切都说清楚了，事情说清楚了最好。安托万很清楚这件事，他在那里一直提到她。他想见她想疯了。也许不用这个周末，既然他们的时间都算好了。他只想跟她在一起。她晚上回来。她跟一个摄像师约在皮姆里科见面，他们要去阿什福德。没办法，是的，她明天不在，周日也不在。是的，如果除去这两天，他们只有两天时间。她必须走了，她已经迟到了。不，他不能陪她去阿什福德，电视台需要一个专业的摄像师。他没有任何理由板着脸，她的同事已经结婚了，而且马上要做爸爸了。他必须让她走了，她会错过时间的。她也想亲吻他。她晚点去伊沃娜的酒吧找他，八点左右。

奥黛丽坐上了出租车，马提亚斯冲向电话机。安托万在开会，马提亚斯拜托麦肯锡通知他，今晚给孩子们做晚餐，千万不要等他。没什么大事，一个巴黎的朋友到了伦敦，顺路来他的书店给他一个惊喜。他的老婆刚刚离开他，她拿走了孩子的看护权。他的朋友很伤心，他今晚得陪着他。他想把他带回家，但这不是好主意，因为孩子们也在。麦肯锡完全同意马提亚斯，这是个很糟糕的主意！他为马提亚斯的朋友感到抱歉，真是可怜。至于孩子们，他们如何看待这件事呢？

"好的，听着，麦肯锡，我今晚会问他的，我明天给你电话，告诉你一切！"

麦肯锡在电话里轻咳一声，答应转告这个消息。马提亚斯先挂了电话。

奥黛丽迟到了。摄像师听她交代他的具体工作，他询问是否能够当天回来。

奥黛丽跟他一样，也不想在阿什福德过夜，但是工作进程很紧张。明天在车站月台见，他们要坐第一班火车。

她回到布特街，寻找马提亚斯。书店里有三个客人，她站在街上示意他，她去伊沃娜那里等他。

奥黛丽坐在了柜台旁。

"我帮你们留一张桌子？"女老板问道。

奥黛丽不知道今晚是否会在这里吃饭。她希望在吧台等。她要了一杯饮料。餐厅里没人，伊沃娜靠近她，为了打发时间跟她闲聊。

"你就是之前采访过我们的女记者？"伊沃娜站起来，"你这一次待几天？"

"只有几天。"

"那么这个周末不要错过切尔西花展。"索菲坐在了她的旁边。

"这个花展每年举行一次，全国的园艺家和苗圃工人会带着最伟大的作品参加。我们可以买到玫瑰和兰花的最新品种。"

"英吉利海峡这一边的生活看起来很不错啊。"奥黛丽说道。

"这要看对谁而言。"伊沃娜回答，"我承认，人们在这个地方钻了个洞，就再也不想离开了。"

伊沃娜补充说，随着时间的流逝，布特街上的人几乎成了一个大家庭。这一点让索菲很高兴。

"无论如何，你们看起来就是一帮好朋友。"奥黛丽看着索菲说道，"你们在这里生活了多久？"

"在我这个年纪，就不计算年份了。安托万在他儿子出生后的第一年开了这个事务所，索菲晚一些才来，如果我没记错的话。"

"八年了！"索菲喝了一口饮料，"马提亚斯是最后来的。"她总结道。

伊沃娜怪自己忘记了他。

"是的，他刚来不久。"索菲解释说。

奥黛丽的脸红了。

"你的脸色很奇怪，我说了什么？"伊沃娜问道。

"不，没什么事。事实上，我有机会采访他。我还以为他在英国住了很长时间。"

"准确来说，他是2月2日登陆的。"伊沃娜非常肯定。

她永远不会忘记那一天。约翰就是那天退休的。

"时间是相对的。"她补充说，"在我的印象中，马提亚斯很早就搬过来了。他搬过来遇到了一些挫折。"

"比如说？"奥黛丽好奇地问道。

"如果我说了，他会杀了我。无论如何，大家都知道的事情，就他一个人不知道。"

"我觉得你说得对，伊沃娜，马提亚斯会杀了你！"索菲中断了她的话。

"也许，这些喜剧演员的秘密让我恼火，今天我很想说清楚。"女老板又给自己倒了一杯波尔多红酒，"马提亚斯从来没有从与瓦伦蒂娜的分手中恢复过来，他女儿的妈妈。虽然他矢口否认，他搬过来很大一部分原因是想跟她复合。结果他一搬过来，她就调去巴黎工作了。他到现在还在怪我，但我觉得生活帮了他一个大忙。瓦伦蒂娜是不会回头的。"

"我想他现在肯定会怪你。"索菲打断了伊沃娜，"这位女士对这些故事不感兴趣。"

伊沃娜看着坐在吧台的两个女人，耸了耸肩膀。

"你说得对，我还得去工作。"

她拿起杯子，往厨房走去。

"番茄汁是我请的。"她走的时候说道。

"很抱歉。"索菲非常不好意思，"伊沃娜通常不是这么八卦的……除非她很难过。看这个大厅，今晚没什么客人。"

奥黛丽很安静。她把杯子放在吧台上。

"怎么了？你的脸色苍白。"索菲问道。

"不好意思，因为坐火车，我一路上都感到恶心。"奥黛丽说道。

奥黛丽竭尽全力掩饰她内心的波动。不是因为伊沃娜揭示了马提亚斯离开巴黎的原因，而是听到了"瓦伦蒂娜"这个名字。她的内心像是被撕裂了，伤口触手可及。

"我的脸色看起来很可怕？"

"不，你好多了。跟我来吧，走几步路。"索菲回答。

她邀请她去花店后面透透气。

"好了，现在好多了。空气中也许有细菌。我从今天早上开始就想呕吐。"索菲说道。

奥黛丽不知道怎么感谢她。马提亚斯走进了花店。

"你在这里，我到处找你。"

"你应该从这里开始找起，我一直在啊。"索菲回答。

但是马提亚斯看着奥黛丽。

"我过来看看花。"奥黛丽回答。

"我们走吧？我把书店关了。"马提亚斯问道。

索菲闭上嘴，她的眼神在马提亚斯和奥黛丽两人之间飘来飘去。他们两人离开之后，她不禁想到伊沃娜说得对。如果哪一天马提亚斯得知了那场对话，他真的会想杀掉她。

出租车走上老布朗普顿大街。在克拉伦维尔的十字路口，马提亚斯指向他的房子所在地。

"看起来很大。"奥黛丽说道。

"很不错。"

"哪天你带我去参观一下？"

"好的，改天吧……"马提亚斯回答。

她把头靠在窗户上，马提亚斯摸着她的手。奥黛丽很安静。

"你确定你不想吃晚餐吗？你看起来好奇怪。"他问道。

"我有点想吐，但会好的。"

马提亚斯提议走走，晚上的空气有好处。出租车把他们放在泰晤士河边。在他们面前，牛津塔的灯光投射在河面上。

"你为什么想来这里？"奥黛丽问道。

"因为自从那个周末之后，我来这里好几次了。这是我们的专属地点。"

"这不是我提的问题，但也没关系了。"

"出了什么事吗？"

"没事，一些蠢事扰乱了我的思绪，但我已经抛在脑后了。"

"那么你现在有胃口了吗？"

奥黛丽笑了。

"你觉得有一天你会登上去吗？"她抬起头问道。

在最高层，餐厅的窗户亮着。

"某一天吧，也许。"马提亚斯幻想着。

他把奥黛丽拉到步行道上。

"你想提的问题是什么？"

"我在想你为什么来伦敦生活。"

"为了遇见你。"马提亚斯回答。

回到红砖巷，奥黛丽把马提亚斯拉进卧室。把床稍微收拾了一下，他们一整晚在上面"水乳交融"。随着时间的流逝，奥黛丽在伊沃娜酒吧不开心的回忆也慢慢不见了。午夜时分，奥黛丽饿了，冰箱是空的。他们立刻穿好衣服，跑去斯皮塔佛德市场。他们来到整夜都营业的餐厅，那里的客人很古怪。他们坐在一桌音乐人旁边，加入了他们的对话。奥黛丽神情激动地说着查特·贝克是比迈尔士·戴维斯更伟大的小号演奏家，马提亚斯用眼睛"吞食"了她。

伦敦的大街很美，她挽着他的手。他们听着自己的脚步声，和被路灯照亮的碎石板路上的影子玩游戏。马提亚斯陪奥黛丽走回红砖巷，他被她拉进房间，然后又被赶走，尽管已经是深夜。她过几个小时要坐火车，还有一天繁重的工作在等着她。她不知道什么时候从阿什福德回来。她明天给他打电话，说好了。

回到家，马提亚斯发现安托万还在书房工作。

"你还在干吗？"

"艾米丽做了噩梦，我起床安慰她，然后就睡不着了，我还要赶进度。"

"她还好吧？"马提亚斯很不安。

"我没说她病了，我只是说她做了噩梦。你去研究一下你那些幽灵故事。"

"告诉我，你没忘了我们一起去过苏格兰。"

"我下周开始伊沃娜餐厅的装修工作。"

"你已经开始做了？"

"和其他事情一起。"

"给我看一下？"马提亚斯脱下外套。

安托万打开图纸，把透视图展示给他的朋友看。马提亚斯很激动。

"真是太棒了！她会高兴坏的！"

"她会的！"

"你出装修费用？"

"我不想让她知道，这点你别说。"

"这个计划很花钱吗？"

"如果不算上事务所的佣金，只能说另外两个工地都白干了。"

"你还有钱吗？"

"没有。"

"那你为什么这样做？"

安托万久久凝视着马提亚斯。

"这就是你今晚做的事情，为了让被老婆抛弃的朋友振奋起来，你能感同受身他的痛苦。"

马提亚斯没有回话。他弯下腰看安托万的图纸，再一次想象大厅会是什么样子。

"一共多少把椅子？"他问道。

"跟餐具一样多，六十六把。"

"椅子多少钱？"

"为什么问这个问题？"安托万问道。

"因为我想送给她这些椅子。"

"你不想去花园抽根雪茄吗？"安托万拉住马提亚斯的胳膊。

"你知道几点了吗？"

"你不要反驳自己的话，这是一天最美好的时刻，太阳快升起来了，我们走吧！"

坐在护墙边，安托万从口袋里拿出两根雪茄，然后用火柴点燃。当他看到马提亚斯那根雪茄烧着后就递给他，接着准备自己的那根。

"你那个忧伤的朋友是谁？"

"大卫。"

"从没听过！"安托万回答。

"你确定？我很吃惊……我从没提过大卫？"

"马提亚斯……你的嘴巴上有唇彩！"

一路上，奥黛丽都在睡觉。到了阿什福德，摄像师在火车进站前摇醒了她。今天的工作是完全没有喘息的，但是两个人相处得很是和谐。他要她取下围巾，因为不好对焦。她很想中断拍摄，冲向手机。但是书店的电话总是占线。

路易大部分时间都在书店后面，坐在电脑前，跟非洲那边通邮件。艾米丽帮他检查拼写错误，这个方法能让她平息内心的焦虑。时间一小时一小时地过去了……

晚上，艾米丽在餐桌上宣布妈妈打了电话过来，她晚上到，住在布特街另一边的酒店。她明天早上来接她。这将是个美好的周日，她们两个人一起度过。

晚餐结束时，索菲把安托万叫到一边，提议说她带路易去切尔西花展。他的儿子非常需要来自母性的关怀。如果他的父亲也在，他就不会开口。索菲在路易的大眼睛里读懂了一切。

安托万非常感动。他感谢索菲。这样更好，他可以去工作室加班，把工作室拖延的部分赶上。马提亚斯什么都没说。无论如何，每个人都有自己的计划，唯独忘了他。他也是有计划的人，就等奥黛丽从阿什福德回来。她的最后一条短信是：最晚明天傍晚回。

安托万一大早就离开了家。他走进工作室时，布特街还没醒来。他把咖啡机打开，把办公室的窗帘拉开，然后开始工作。

索菲跟许诺的一样，八点来接路易。小男孩儿坚持要穿西装，马提亚斯还在犯困，给他系上了领结。切尔西花展要求正装出席，仪态高雅。索菲戴着帽子走进了客厅，艾米丽笑出了声。

等到路易和索菲一离开，艾米丽开始准备。她也想打扮得漂漂亮亮的。她穿上蓝色背带裤、运动鞋、粉红色 T 恤。她穿好了走出来，她爸爸说她可爱极了。门铃响了，她还想再梳梳头。算了，让妈妈再等会儿。无论如何，她等了她两个月。

马提亚斯头发凌乱，穿着睡袍迎接了瓦伦蒂娜。

"性感啊！"她走进房子。

"我以为你会晚点到。"

"我六点就醒了，然后在酒店房间里打转。艾米丽醒了吗？"

"她要穿上最美的衣服。嘘，当我什么都没说。她已经换了十次衣服，你无法想象她在浴室里是什么样子。"

"她总算继承了她父亲的两三件事，这个孩子。"瓦伦蒂娜笑了，"你准备了咖啡吗？"

马提亚斯走向厨房，来到灶台旁边。

"你们家真不错。"瓦伦蒂娜环顾四周。

"安托万的品位不错……你笑什么？"

"以前我们家有朋友来吃饭时，你也是这样说我的。"瓦伦蒂娜坐在长凳上。

马提亚斯倒了一杯咖啡，然后递给瓦伦蒂娜。

"你有糖吗？"她问道。

"你不吃糖的。"马提亚斯回答。

瓦伦蒂娜的眼神扫了厨房一圈，每个架子上的东西都摆得整整齐齐的。

"你们的小日子过得不错啊。"

"你在笑我？"马提亚斯给自己倒了杯咖啡。

"不，我是真的被感动了。"

"我跟你说过，安托万对这个家很投入。"

"也许吧，在这里可以呼吸到幸福的空气。但你也得投入其中才行。”

　　“我尽全力了。”

　　“你们会时不时吵架吗？”

　　“安托万和我？从不吵架！”

　　“我是要你让我放心。”

　　“好吧，每天都会小吵小闹。”

　　“你觉得艾米丽要花多长时间准备？”

　　“你要我说什么？她总算继承了她母亲的两三件事，这孩子！”

　　“你完全不明白，我多么想她。”

　　“我知道，我想了她三个月。”

　　“她幸福吗？”

　　“你知道的，你每天都跟她打电话。”

　　瓦伦蒂娜走开了，打了个哈欠。

　　“你还要一杯咖啡吗？”马提亚斯朝电动咖啡机走去。

　　“我非常需要，昨晚没睡够。”

　　“你昨晚很晚才到？”

　　“是的，我没睡够……迫不及待要见我的女儿。你肯定我不能上楼去亲吻她？真是折磨啊。”

　　“无论如何，我觉得你的状态很好，穿着睡袍也是如此。”瓦伦蒂娜把手放在马提亚斯的脸上。

　　“我很好，瓦伦蒂娜，我很好。”

　　瓦伦蒂娜摆弄着柜台上的一块糖。

"我重新开始弹吉他了，你知道吗？"

"很好，我总是对你说你不应该放弃。"

"我还以为你昨晚会去酒店找我，你知道房间的。"

"我不能这样做了，瓦伦蒂娜。"

"你现在有人了？"

马提亚斯默认了。

"你这次很认真啊，居然为了她收起了花花肠子。你真的变了。她的运气不错。"

艾米丽从楼梯上冲下来，穿过客厅，跳进妈妈的怀抱里。母女俩抱作一团，吻个不停。马提亚斯看着她们，脸上浮起了微笑。岁月不能抹杀掉曾经在一起时的幸福时光。

瓦伦蒂娜牵着女儿的手，马提亚斯陪着她们。他打开门，但是艾米丽把书包忘在卧室里了。在她上楼去的这段时间，瓦伦蒂娜在草坪上等她。

"我六点送她回来，可以吗？"

"你跟女儿的野餐，玩到几点都可以。如果是我，会帮她把吐司边切掉。你跟她一起的话，随便你怎么做。但是她应该还是不喜欢吐司边的。"

瓦伦蒂娜轻轻抚摸马提亚斯的脸颊。

"放轻松，我跟她会搞定的。"

瓦伦蒂娜靠在他的肩膀上，她让艾米丽快点。

"快点，亲爱的，我们在浪费时间。"

小女孩儿牵着她的手，来到人行道上。

瓦伦蒂娜跑回马提亚斯的身边，对着他的耳朵说道：

"我为你感到高兴，你值得的，你是个很棒的男人。"

马提亚斯站在草坪上看着艾米丽和瓦伦蒂娜走远。

他回到家时，手机响了。他到处找，没找到。最后，他在窗户边上找到了。他刚接起来，马上就听出了奥黛丽的声音。

"白天的外墙更美，你的夫人真的很迷人。"她忧伤地说道。

年轻的女记者一大早就离开了阿什福德，想给她心爱的男人一个意外的惊喜。她挂了电话，离开了克拉伦维尔。

在回到红砖巷的出租车上，奥黛丽自言自语，最好是从此以后再也不谈恋爱。消除记忆，忘掉承诺，以背叛的代价吐出毒药。这一次又需要多少个日日夜夜才能结疤？特别是即将到来的周末。在十字路口看到某个熟悉的身影时，要重新学会控制自己的心跳。看到一对情侣在长凳上亲吻时，不要闭上眼睛。永远不要等待电话铃声响起。

抑制住自己的感觉，不要去想象跟爱过的那个人在一起的生活。不要怜悯，闭上眼睛不看他，不要想到他的日常。大声喊出"我很生气""我被骗了"。

两人十指交缠、并肩散步的温柔时光将会变成什么样？

后视镜里，司机看到他的乘客哭了。

"还好吧，女士？"

"不好。"奥黛丽大声地哭了出来。

她请他停下来。出租车停在了路边。奥黛丽打开车门，扑倒在街边的扶手上。她在那里把心中的悲伤都宣泄出来。司机关掉发动机，一言不发，笨拙地拍了拍她的肩膀。他很满足地陪在她的身边。当看到最强烈的暴风雨过去之后，他重新坐进驾驶室，关掉了计价器，送她回到了红砖巷。

马提亚斯穿上了裤子、衬衣和他找到的第一双球鞋。他跑到了老布朗普顿大街，但已经太迟了。他打量着红砖巷，但每栋房子看起来都一样。不是这间，也不是那间，他刚刚转弯，更不是这个死胡同。在每个十字路口，他呼喊奥黛丽的名字，但是没有人从窗户探出头来。

迷路的他朝他唯一认识的地方走去：市场。一个咖啡厅的服务生朝他打招呼，胡同里全是人。他在这个地方转悠了两个小时。绝望之余，他坐在了一张熟悉的长凳上。突然他感觉到背后有人。

"罗曼离开我的时候，他说过他爱我，但是他要跟他的妻子一起生活。你觉得讽刺是没有界限的吗？"奥黛丽在他身边坐下来。

"我不是罗曼。"

"我做了他三年的情妇，整整三十六个月，等待一个空头诺言。这一次，我又爱上了爱着另一个女人的男人？我没力气了，马提亚斯。我不想看着我的手表说，我爱的人刚刚回到他的家里，他坐在桌子旁跟另一个女人说同样的话，好像我不存在似的。我再也不想对自己说，我只是一个插曲、一段冒险，他是多亏了我才明白他爱的是她。我失去了尊严，我甚至对她抱有同情之心。我向你发誓，有一天我会吃惊，对他所说的谎言感到愤怒。如果她曾经听到他的谎言，如果她曾经看到当他找到我时他的双眼、他的欲望。我怪我自己曾经如此愚蠢。我再也不想听到女性朋友以为是在保护我，对我说'也许搞错了''他也许是真诚的'。绝对不要这样！我不想过不确定的生活。我花了好几个月让自己重新相信，我值得拥有完整的生活。"

"我没有跟瓦伦蒂娜在一起，她是来接女儿的。"

"马提亚斯，最糟糕的不是看到她在草坪上亲吻你，不是看到你穿着睡袍，也不是我永远不会像她那样美。"

"她没有亲吻我，她要告诉我一个秘密，不想让艾米丽听到，如果你想知道的话……"马提亚斯打断了她。

"不，马提亚斯，最糟糕的是你看着她的眼神。"

他没有说话。她扇了他一巴掌。

于是，马提亚斯花了一下午的时间向她讲述他的新生活，他跟安托万之间的友谊，他们的不同之处，在此基础上建立的和谐生活。

她听着，不说话。过了一会儿，他跟她讲述苏格兰的假期，她才找回笑容。

今晚，她想一个人待着，她累坏了。马提亚斯明白。他提议明天早上去接她，他们一起去餐厅吃早餐。奥黛丽接受了邀请，但她有另外一个想法……

他回到克拉伦维尔，他看到载着瓦伦蒂娜的出租车消失在街角。安托万和孩子们在客厅里等他。路易跟索菲在一起度过了开心的一天。艾米丽有些忧郁，但她在父亲的怀抱中找回了温暖。整个晚上，大家都在做相册。马提亚斯等到安托万睡了，敲了他房间的门，走进去说道：

"我想请求违反第二条规则，你不要问我为什么，你回答'可以'就行。"

第九章

真正的眩晕

让某个人走进你的生命吧，把为了自我保护的墙壁推倒吧，而不是等到别人来推倒。

家里充斥着奇怪的气息，寂静无声。孩子们在复习功课，马提亚斯在摆放餐具，安托万在做饭。艾米丽把书放在桌子上，低声背诵刚刚学的历史课文。在一个段落后迟疑了一会儿，她拍了一下懒洋洋的路易的肩膀。

"亨利四世以后是谁？"她低声说道。

"拉瓦雅克！"安托万打开冰箱回答。

"才不是！"路易很肯定地说道。

"你问马提亚斯！"

两个孩子交换了眼神，然后继续埋头看书。马提亚斯放下刚打开的红酒瓶，靠近安托万。

"你晚餐做了什么好吃的啊？"他温柔地问道。

突然打了雷，雨点重重地打在房子的瓷砖上。

"暴雨中场休息！"安托万说道。

晚些时候，艾米丽在日记里写道，她爸爸最讨厌的菜就是焗烤意大利节瓜。路易在旁边注解写道，那天晚上，他爸爸做的正好是焗烤意大利节瓜。

门铃响了，马提亚斯最后一次在入口的小镜子那里整理形象，然后给奥黛丽开门。

"赶紧进来，你都淋湿了。"

她脱下她的防水风衣，递给马提亚斯。安托万整理了一下围裙，前来迎接她。她穿着小黑裙，实在是太迷人了。

三个人的餐具都摆好了。马提亚斯吃了节瓜，对话进展顺利。女记者也很精神。奥黛丽喜欢引起争论，为了不谈论自己，最好的方法就是向别人提问。这是非常有效的策略，特别是当你的对话人意识不到这点时。晚餐结束时，奥黛丽了解了关于安托万作为建筑师的工作，而安托万很难定义独立通讯员这个职业。

奥黛丽询问他们苏格兰的假期，安托万高兴地给她展示照片。他站起来，在书架里拿了一本、两本、三本相册，回到她身边，拉近了椅子。

一页又一页，他讲到的故事都是以他最好的朋友结尾："嗯，马提亚斯！"

　　尽管后者抗议这样的骚扰，但他还是保持观望的态度，不去打扰安托万和奥黛丽之间建立起来的关系。

　　晚餐最后，艾米丽和路易穿着睡衣下来，跟他们说晚安。大人们很难拒绝他们想坐在桌子旁的提议。艾米丽坐在奥黛丽身边，接了安托万的班。她全身心投入讲述每张照片的故事，从这次旅游讲到了去年冬天的滑雪。艾米丽和路易轮流解释说，在那个时候，爸爸和爸爸还没有住在一起，但是大家会在假期里聚会。除了圣诞节，两年一次，小女孩儿补充。

　　奥黛丽翻看着第三本相册，马提亚斯站在厨房里没有移开过视线。当他的女儿把手放在奥黛丽的胳膊上时，他的脸上露出了欣慰的笑容，他就知道会这样。

　　"你们的晚餐太美味了。"她对安托万说道。

　　他感谢她，指向一张贴歪了的照片。

　　"这一张是人们用担架把马提亚斯从滑雪道上抬下来，戴红色蒙面帽的人就是我，孩子们不在镜头里。事实上，马提亚斯什么都没做，那是一场大型的雪崩。"

　　因为马提亚斯在啃手指，他借机在他手上轻拍了一下。

　　"好吧，我们最好不要回溯到幼儿园的假期。"马提亚斯愤怒地说道，继续啃指甲。

　　"巧克力橙皮慕斯，"安托万说道，"通常人们都会找我要配方。但我不知道发生了什么，这块慕斯掉下来了。"他补充说，用大勺子在罐子里搅拌。

他看起来很不开心，直到奥黛丽打断他。

"你有冰沙吗？"她问道。

马提亚斯重新站起来，装了一碗冰块。

"我们只有这个。"

奥黛丽用毛巾包裹住冰块，在工作台上使劲拍打。当她把毛巾展开时，就是薄薄的冰沙。她把冰沙掺到慕斯里，用刮刀来回抹了几下，甜品顿时恢复了本来的形状。

"好了。"她把甜品递给孩子们。安托万目瞪口呆地看着他们。

"吃完甜品就去睡觉！"马提亚斯对艾米丽说道。

"你答应了让他们看电影的！"安托万打断了他。

艾米丽和路易已经溜到了客厅的沙发上，奥黛丽给他们送去巧克力慕斯。

"不要给他吃太多，晚上不好消化。"安托万说道。

安托万根本不管马提亚斯抛给他的眼神。他把椅子收回去，让奥黛丽经过。

安托万想从她手里拿过盘子。

"让我来帮你。"奥黛丽坚持道。

"你一直是记者吗？"他亲切地问道，打开水槽的水龙头。

"从五岁开始。"奥黛丽笑着回答。

马提亚斯站起来，拿走了奥黛丽手里的抹布，建议她去客厅。她跟孩子们一起坐在沙发上。她起身走开之后，马提亚斯靠近安托万。

"你这个白痴，你一直是建筑师吗？"

安托万继续无视他，转过身观察奥黛丽。艾米丽和路易坐在她身旁，不停地点头，暗示他们要睡了。安托万和马提亚斯马上扔下盘子和抹布，抱他们去睡觉。

奥黛丽看着他们上楼，每个人怀里抱着一个熟睡的小天使。他们到达平台时，没有一个家长发现路易和艾米丽之间交换了一个狡黠的眼神。两个父亲几分钟后下了楼，奥黛丽已经穿上了她的风衣，在客厅中间等着。

"我要回家了，天色已晚，谢谢你们的晚餐。"她说道。

马提亚斯取下衣帽架上的风衣，跟安托万说他要送送她。

"我很希望有一天你能把慕斯的配方给我。"奥黛丽在安托万的脸颊上吻了一下。

她挽着马提亚斯走下草坪，安托万关上了房门。

"我们去老布朗普顿叫辆出租车？"马提亚斯说道。

奥黛丽不说话，听着他们的脚步声在空旷的街道上回荡。

"艾米丽喜欢你。"

奥黛丽点头表示赞同。

"我想说的是，如果你跟我……"马提亚斯说道。

"我明白你想说的。"奥黛丽打断了他。

她停下来跟他面对面。

"我今天下午收到了编辑的电话，我转正了。"

"这是个好消息吗？"马提亚斯问道。

"是的！我终于有了自己每周一次的节目……在巴黎。"她低下了头。

马提亚斯看着她。

"我想，你为了这一天奋斗了很久？"

"从五岁开始……"奥黛丽勉强地回答。

"生活真复杂啊，不是吗？"马提亚斯继续道。

"做选择真是太复杂了。"奥黛丽回答，"你要回法国生活吗？"

"你是认真的？"

"五分钟前，在刚才的人行道上，你对我说你是爱我的，你是认真的吗？"

"我当然是认真的，但是还有艾米丽……"

"我也会爱她，艾米丽……但要在巴黎。"

奥黛丽抬起手，一辆出租车停在路边。

"还有书店……"马提亚斯嘀咕着。

她把手放在他的脸颊上。

"你跟安托万一起打造的生活实在是太美好了，你的运气很好，你找到了你的平衡点。"

她上了车，关上了车门。她把头探出窗外看着马提亚斯，他站在人行道上一副茫然的表情。

"不要打电话，这样已经很艰难了。"她忧伤地说道，"我的答录机上有你的声音，我还会听上几天，然后我会把它删掉。"

"那么我没权利去看望你吗？"

"当然可以，你会在电视上看见我。"

她示意司机开车，马提亚斯看着出租车消失在夜幕中。

他回到空荡荡的大街。他似乎还看得到奥黛丽在湿漉漉的人行道上留下的足迹。他靠在一棵树旁，把头埋进手里，然后滑倒在地上。

大厅是亮着的，小圆桌上有一盏小小的灯。安托万坐在皮躺椅里等他。马提亚斯走进来。

"我承认我之前是反对的，但是……"安托万说道。

"是的……"马提亚斯坐在他对面的躺椅里。

"因为她实在是太棒了！"

"好吧，如果你被说服了，那真是再好不过了！"马提亚斯捏紧了手里的纸巾。

他站起来，朝楼梯走去。

"我在想我们是不是让她有点害怕？"安托万问道。

"不要再问了！"

"我们还是很不错的一对，不是吗？"

"当然不是，为什么？"马提亚斯提高了声调。

他靠近安托万，握住了他的手。

"完全不是！再说你什么都没做……这样做是一对吗？"他拍了一下他的手掌心，"向我保证，这不是一对。"他又拍了一次，"她的确太棒了，她刚刚跟我分手了！"

"等一下，你不要什么都怪我，孩子们也有参与。"

"闭嘴，安托万！"马提亚斯往外走去。

安托万抓住了他的手臂。

"你又是怎么想的？对她来说，这一切不艰难吗？你的小眼睛是怎么看待生活的？"

他提到了他的眼睛，才发现他的眼里充满了泪水。他的怒气马上就消下去了。安托万抱住了马提亚斯，让他的悲伤宣泄出来。

"对不起，老兄。算了，冷静一下。也许没有结束？"

"不，结束了。"马提亚斯冲出了房子。

安托万看着他越走越远。马提亚斯需要一个人待会儿。

他来到老布朗普顿的十字路口，他在那里跟奥黛丽最后一次坐出租车。再远一点，他经过一个钢琴工作室，奥黛丽说她曾经弹过钢琴，她很想重新上课。但是在镜子里，他只看到让他讨厌的自己。

他的脚带着他来到了布特街。他看到从伊沃娜餐厅铁门下方发出的灯光。他走进死胡同，敲了门。

伊沃娜放下扑克牌，站了起来。

"不好意思。"她对三个牌友说道。

达妮埃尔、柯莱特和玛蒂娜轮流发出抱怨。如果伊沃娜离开桌子，那么就视为她自动放弃这一局。

"你有客人？"马提亚斯走进了厨房。

"你可以跟我们一起玩，如果你想的话。你已经认识了达妮埃尔，她很顽固的，她整天都在骗你。柯莱特有点喝多了，玛蒂娜很容易打败。"

马提亚斯打开了冰箱。

"你这里有吃的吗？"

"今晚还剩了烤肉。"伊沃娜在观察马提亚斯。

"我更想来点甜品，一份小小的甜品，对我来说最好了。算了，你别担心我了，我会在里面找到我想要的。"

"我担心你在我的冰箱里什么都找不到。"

伊沃娜回到大厅跟牌友们继续打牌。

"你这局输了。"达妮埃尔在洗牌。

"她作弊了。"柯莱特又倒了一杯白葡萄酒。

"我吗？"玛蒂娜把杯子伸出去，"谁跟你说我不渴的？"

柯莱特看着杯子，一副放心的表情，还有剩下给玛蒂娜的。伊沃娜从达妮埃尔手里拿过扑克牌。她洗牌的时候，三个女友转过头看着厨房。女主人一声不吭，她们耸了耸肩，继续打牌。

柯莱特咳了一声，马提亚斯走了进来，坐在桌子旁跟她们打招呼。达妮埃尔给他发牌。

"打多大的？"马提亚斯不安地看着桌子上一堆堆的零钱。

"一百！请闭嘴！"达妮埃尔针锋相对。

"我不要。"马提亚斯一下子就不想打了。

三个牌友甚至没有时间看一眼自己的牌，怒气冲冲地看着他，差点想揍他。达妮埃尔重新洗牌，让玛蒂娜切牌，然后重新发牌。又一次，马提亚斯放下牌，宣布他不玩了。

"你想谈谈吗？"伊沃娜建议。

"哦，不！"达妮埃尔回答，"就这一次，你不要多嘴，打牌不说话！"

"她不是在跟玛蒂娜说话，她是在跟他说话！"柯莱特指向马提亚斯。

"他也不能说话！"玛蒂娜继续说，"我只要一说话，就会被顶嘴。他已经连续三局不玩了，他得闭嘴！"

马提亚斯发牌。

"你真是越老越糊涂了。"达妮埃尔对玛蒂娜说，"我们不是让你打牌时说话，而是让他说话！你没看到他很难过吗？"

玛蒂娜拿起牌，摆了摆头。

"这就不一样了，如果他要开口就开口，你要我对你说什么？"

她打了三个 A，然后把赌金全部收走。马提亚斯拿起酒杯，一口喝完。

"有人每天花两个小时去上班！"他一个人自言自语。

四个女人互相看看，不说一句话。

"巴黎，也不过是两小时四十分钟的路程。"马提亚斯继续道。

"我们是讨论欧洲首都之间的距离，还是继续打牌？"柯莱特说道。

达妮埃尔用胳膊肘顶了一下她，让她闭嘴。

马提亚斯看了她们一眼，继续絮絮叨叨。

"回到巴黎生活还是很复杂的……"

"如果你想问我的意见，那么总比 1934 年从波兰移民到英国简单吧。"柯莱特又打了一张牌。

这一次，玛蒂娜用胳膊肘顶了她一下。

伊沃娜用眼神训斥马提亚斯。

"初春的时候似乎也是这样啊！"她针锋相对。

"你为什么这样说？"马提亚斯问道。

"你明白的！"

"我们三个什么都不明白。"三个女人齐声说道。

"并不是空间距离让一对夫妻分开，而是生活中的距离。你正因为如此才失去了瓦伦蒂娜，而不是因为你欺骗了她。她太爱你了，随时准备好原谅你。但是你离她太远了。是时候了，你要成熟起来。至少在你的女儿长大之前，比她要成熟。现在，你闭嘴，轮到你出牌了！"

"我也许要去再开一瓶酒。"柯莱特离开了桌子。

在四个道尔顿女友的陪伴下，马提亚斯把自己的悲伤沉淀下去。那一晚，上楼梯时，他感到了真正的眩晕。

　　第二天，安托万把孩子们接回家，但又马上离开了。他的工作室有很多事，主要是忙于伊沃娜餐厅的装修。而马提亚斯又跑到公园去散心，索菲过来帮忙照看孩子们两个小时。艾米丽说她的父亲应该换个地方去散心，去公园跑步不适合他现在的状态。她的爸爸自从吃了焗烤意大利节瓜之后，脸色看起来很糟糕，眩晕症随时可能发作。他也许在酝酿什么事情。

　　在跟路易商量之后，安托万决定不再发表评论。运气好的话，索菲留下来吃晚餐。她留下来当然是好消息：可以看电视和晚点入睡。

　　那一晚，艾米丽在日记中写道，她注意到有些事情不太对劲。她听到楼梯上有人摔倒的声音，马上叫来路易帮忙。路易在旁边注解写道，需要帮忙的是他的爸爸。

　　安托万跑到医疗中心的走廊，等候室都是人。每个人都在焦急地等待着，翻看着矮桌上一堆堆的杂志。他心急如焚，根本看不进书。

　　医生终于从检查室出来了，他让安托万走到一边说话。

　　"大脑没有受伤，前额有些瘀青，X光拍片结果都没问题。为了保险起见，我们还做了超声波检查，没看到什么大问题。不过有个好消息要告诉你：宝宝安然无恙。"

医院隔离室的门打开了。索菲穿着蓝色的袍子和拖鞋，工作人员让她穿上这些做检查。

"在外面等我。"她对安托万说道。

他走回来坐在椅子上，正对着接待处。她过来找他的时候面带难色。

"你为什么不早点告诉我？"安托万问道。

"告诉你什么？……这又不是生病。"

"父亲是那个我代你写信的对象吗？"

门诊的收银员向索菲示意，报告打出来了，她可以结账了。

"我累了，安托万，等我交了钱，你就带我回去吧。"

钥匙在门锁里转动，马提亚斯把钱包放在门口的小托盘里。安托万坐在皮躺椅里，借着长凳上的灯光看书。

"不好意思，很晚了，但我工作忙得要死。"

"嗯。"

"什么？"

"没事，你每晚工作都很忙。"

"是的，我的工作很忙！"

"小点声，索菲在书房睡觉。"

"你刚才出去了吗？"

"你在说什么？……她有点不舒服。"

"该死，严重吗？"

"她吐了，昏倒了。"

"她吃了你的巧克力慕斯？"

"一个女人呕吐加晕倒，你想要副标题吗？"

"我的天！"马提亚斯让自己跌倒在对面的躺椅里。

这一天深夜，安托万和马提亚斯面对面，坐在厨房的桌子旁。马提亚斯还没吃晚餐，安托万拿出一瓶红酒、一个筐子和一盘奶酪。

"二十一世纪真是好极了。"马提亚斯说道，"人们没有任何原因就离婚，女人跟路过的冲浪者生孩子，然后她们还觉得我们男人没有以前可靠……"

"是的，还有些男人，两个人住在同一屋檐下……你是要把你的陈年往事拿出来分享吗？"

"是的，把黄油给我。"马提亚斯准备抹在面包上。

安托万把红酒瓶子打开了。

"我们必须帮助她。"他给自己倒了一杯酒。

马提亚斯拿过安托万手里的瓶子,给自己倒了一杯。

"你想怎么办?"他问道。

"没有父亲的话……我会认这个孩子。"

"为什么是你?"马提亚斯很好奇。

"出于责任感,而且我是第一个说的。"

"是的,这两个原因很充分。"

马提亚斯思考了一会儿,把安托万的那杯酒一口喝掉。

"无论如何,也不可能是你。她也不想孩子有一个瞎了眼的父亲。"他的嘴角上扬。

两个人四目相对,安托万不明白马提亚斯的暗示。马提亚斯继续说:

"你给你自己写信写了多长时间呢?"

书房的门打开了,索菲穿着睡衣走出来,眼睛红红的,她瞪着两个同谋。

"你们的对话太恶心了。"她注视着他们。

她收拾好自己的东西,卷成一团夹在胳膊下,然后走到街上。

"你看吧,我说得没错,你就是个瞎子!"马提亚斯重复道。

安托万赶紧追了出去。索菲走到了人行道上，他跑过去抓住她。她继续朝大街走去。

"停下来！"他抓住了她的手臂。

他们的嘴唇慢慢靠近。第一次，他们亲吻了对方。吻了很长时间，索菲抬起头，看着安托万：

"我不想再看到你，安托万，再也不想。我也不想看到他。"

"别说了。"安托万小声说道。

"你给十个人准备晚餐，但你从来不坐在桌子旁。你入不敷出，但你还在帮忙重新装修伊沃娜的餐厅。你跟你最好的朋友住在一起，因为他觉得孤单，而你自己其实并不需要。你真的认为我会让你抚养我的孩子？你知道最糟糕的事情是什么吗？那就是我毫无理由地一直爱着你。现在你让我一个人安静点。"

手臂被甩开，安托万看着索菲离开，一个人穿着睡衣走向老布朗普顿大街。

安托万回到家里，看到马提亚斯坐在花园护墙边。

"我们需要给对方第二次机会。"

"第二次机会永远不会成功。"安托万抱怨道。

马提亚斯从口袋里拿出一根雪茄，用手指把最外面的烟叶卷起来，然后点燃。

"是的。"他回答，"但我们不一样。我们又不跟对方睡觉。"

"你说得对，这是一个加分点！"安托万一副讽刺的口吻。

"我们又有什么风险吗？"马提亚斯看着螺旋上升的烟雾。

安托万站起来，拿走了马提亚斯手里的雪茄。他朝房间走去，然后在门口停下来。

"没风险，除了搞笑以外。"

他走进客厅，狠狠吸了一口雪茄。

第二天，解决方案列入议程。马提亚斯的头发上满是泡沫，在浴室里声嘶力竭地唱着茶花女的曲调，虽然他内心并不是她的粉丝。他用力拧水龙头，想调高温度，但喷头出来的水是冰凉的。安托万在墙的另一边，头上戴着浴帽，在热乎乎的淋浴下用一个马毛的刷子刷着背。马提亚斯冲进安托万的浴室，打开玻璃门，关掉热水，然后回到他的浴缸里，在木地板上留下一串串小泡泡。

一个小时后，两个人在楼梯平台上见面了。他们穿着相同的浴袍，连领口都扣好了。他们走进各自孩子的卧室让他们躺下。回到楼梯平台，他们把衣服扔在地板上，然后同步下楼梯，但这一次是穿着男士短裤、袜子、白衬衣，戴着蝴蝶领结。他们穿上对折放在躺椅背上的长裤，系好鞋带，然后坐在客厅的沙发上，身旁是临时被叫来帮忙的保姆。

达妮埃尔沉浸在填字游戏中，眼镜架滑到了鼻子尖，轮流看着他们俩。

两个人一下子跳起来，朝门口冲过去。他们准备好出门，达妮埃尔指着他们扔在地上的睡袍，要他们"把东西放好"。

酒吧里都是人。马提亚斯发觉自己靠在吧台旁被挤成了肉饼。一个仿佛从杂志照片里走出来的美女招手示意服务员。马提亚斯和安托万交换了一下眼神，但又有何用。就算他们中有人有勇气开口搭讪，嘈杂的音乐声让一切交谈变得完全没可能。最后还是吧台服务员询问年轻女人想喝什么。

"无所谓，只要杯子里有把小伞。"她回答。

"我们走吧！"安托万对着马提亚斯耳朵吼道。

"最后一个到更衣室的人请对方吃晚餐。"马提亚斯回答，他试图盖过"泡芙爸爸"的声音，但失败了。

他们需要半个小时才能走出酒吧。一出门来到大街上，安托万思考耳鸣需要多长时间才会消失。马提亚斯几乎失声了。他们跳进一辆出租车，目的地是梅菲尔区新开的俱乐部。

门口排着长队，年轻的金发女郎试图挤进去。一个保安认出了安托万，示意他走到前面去。安托万非常骄傲地拉着马提亚斯在人群中走到了最前面。

当他来到入口处，同一个保安要求他选定他们陪同的青少年。俱乐部优先照顾陪同孩子一起来的家长。

"我们走啦！"马提亚斯马上对安托万说道。

他们坐上另一辆出租车，目的地苏豪区，一个 DJ 晚上十一点在"沙发情调"有场演出。马提亚斯坐在扬声器上，安托万坐在折叠式座椅上，他们交换了一个眼神，然后冲了出去。黑色出租车驶向东岸——如今最时尚的区域。

"我饿了。"马提亚斯说道。

"我知道一家很好的日本餐厅，离这里不远。"

"你想去哪儿都行，但我想保留这辆车，万一……"

马提亚斯觉得这个地方好极了。大家围坐在一个巨大的回旋餐桌旁，寿司和刺身在传送带上转了一圈又一圈。不用点餐，只需要把你想吃的那个碟子拿下来即可。在尝过了金枪鱼刺身后，马提亚斯询问他是否可以吃面包和奶酪，当他想要叉子时也是同一个回答。

他把碟子放在传送带上，然后回到了等待他的出租车上。

"我想你很饿吧？"安托万也上了车。

"还没有饿到用手吃石斑鱼。"

在司机的建议下，他们开往"钢管舞俱乐部"。这一次，马提亚斯和安托万舒舒服服地坐在躺椅里，品尝着他们第四杯鸡尾酒，毫无醉意。

"我们交流得不够多。"安托万放下了杯子，"我们每晚一起吃饭，但我们几乎不交流。"

"就是因为这些话，我才离开了我的妻子。"马提亚斯回答。

"是她离开了你！"

"这是你第三次看表了，安托万，我们虽然说过要试试，但你不需要感觉是被逼的。"

"你还在想她吗？"

"你看啊，你总是这样，我问你一个问题，你用问题回答我。"

"这是为了节省时间。马提亚斯，我们认识了三十年，我们每次谈话的主题都会回到你身上，为什么今晚会有变化呢？"

"因为你总是拒绝放开自己。来吧，我让你挑战一下。告诉我一件非常私人的事情，就一件。"

在他们眼前，一个女性舞者在一根金属杆上肆意地扭动着身躯。安托万手里捏着一把杏仁，叹了口气。

"我再没有欲望了。"安托万叹气道。

马提亚斯站起来，在衣帽架处等他。

在回家的出租车里，对话继续。

"我觉得搭讪这个想法总让我觉得无聊。"

"那你当年跟卡洛琳·勒布隆在一起时，觉得无聊吗？"

"不，跟她在一起时，是你让我觉得无聊。"

"总有女人能让你在床上疯狂吧？"

"是的，如果她把电视机的遥控器藏起来。"

"你累了，仅此而已。"

"那看来我一直很累。刚才在俱乐部看着那些人，就像是饥渴的狼。我觉得特别无聊，从来都不觉得这一切有什么意思。如果有个女人在俱乐部那一头看着我，我需要花六个月的时间才有勇气穿过大厅。要我跟一个没有感情的人在床上一起醒来，我实在做不到。"

"我很羡慕你。你意识到人们先对你产生欲望再爱上你，这是事实。接受你本来的样子吧，你的问题跟欲望无关。"

"马提亚斯，这是机械性的。三个月了，每天早上一个样，没救了。就这一次，听清楚我正在对你说的话，我没有欲望了！"

马提亚斯的眼里含着泪水。

"你怎么了？"安托万问道。

"是因为我吗？"马提亚斯哭着问道。

"你简直无理取闹，你又在想什么乱七八糟的？跟你没关系，我是说我自己。"

"因为我让你窒息了，是吗？"

"闭嘴，你真是疯了！"

"是的，我让你失去欲望。"

"你看，你又在瞎说了！你要我谈谈自己，不管我做什么，不管我说什么，总是回到你身上。这是无法治愈的疾病。好吧，不要浪费时间了，跟我谈谈你那堆破事！"安托万吼道。

"你想听吗？"

"你付出租车的钱！"

"你觉得我是因为缺乏勇气才没跟奥黛丽在一起吗？"马提亚斯问道。

"把你的钱包给我！"

"为什么？"

"我们说过你付出租车的钱，不是吗？那把钱包给我啊！"

马提亚斯照做了。安托万打开钱包，在小袋子里拿出一张瓦伦蒂娜微笑的照片。

"你缺少的不是勇气，而是辨别能力。跟过去一刀两断，一了百了。"安托万拿马提亚斯的钱付给了司机。

他把照片放回原位，走下出租车。车子刚好到达目的地。

馬提亚斯和安托万回到家，他们听到一种重复的喘气声。安托万学了十年的建筑不是白学的，他马上指出是暖气管的喷头漏气了。他的判断是正确的，暖炉正在罢工。马提亚斯指出声音不是来自地下室，而是来自客厅。他们走过沙发，看到一双拖鞋随着呼噜声有节奏地动着。达妮埃尔伸长了身体，睡得很安稳。

达妮埃尔走后，两个人打开了一瓶波尔多红酒，轮流来到沙发上。

"还是家里舒服啊！"马提亚斯伸长了腿。

安托万看着他放在矮桌上的腿，马提亚斯补充了一句：

"规则一百二十四，我们想做什么就做什么。"

接下来是拼搏的一周。马提亚斯竭尽全力专心工作。当他在书店的邮件里发现一封"拉卡德 & 米查德"系列的宣传手册时，心头一阵刺痛。他把目录扔到纸篓里，但晚上倒垃圾的时候，他又把手册拿出来放在了收银机下面。

每天，安托万去办公室都会经过索菲的花店。为什么他会不自觉地走到这一边？其实他的办公室在街的另一边。他完全不清楚，甚至发誓说没有意识到自己的做法。每当索菲发现安托万在她的橱窗前发呆时，就转过身不看他。

工程就要开始了。伊沃娜在恩雅的帮助下，开始整理餐厅的东西，频繁来往于酒吧和地窖之间。一天早上，恩雅要搬动"拉贝格酒庄副牌干红葡萄酒"的箱子，伊沃娜让她小心一些，这些红酒很贵重。

有一天，老师用粉笔在教室的黑板上写地理作业。艾米丽抄在路易的本子上。而路易的眼神飘到了窗外，幻想着非洲的土地。

一天早上，马提亚斯在去银行的路上，发现了安托万过十字路口的身影。他加快了步伐去追他。安托万在一家婴儿用品商店前停下来，他犹豫了一下，左右看了看，然后推开了商店门。

马提亚斯躲在路灯的后面，透过玻璃窗观察他。

他看到安托万从一个货架走向另一个货架，用手摸过那一堆堆婴儿的衣服。女售货员朝他走去，但他示意说他只是随便看看。两只小小的袜子吸引了他的注意力。他从架子上取下来，然后一只套在食指上，一只套在中指上。

被毛绒玩具包围着，安托万在左手掌心上表演"小面包之舞"。当他看到女售货员戏谑的目光时，他的脸马上就红了，然后立刻把袜子放回到架子上。马提亚斯离开了路灯，消失在街上。

吃午餐的时候，麦肯锡偷偷离开事务所，跑到南肯辛顿车站。他跳上一辆出租车，让司机带他去圣詹姆斯大街。下车付钱之后，他确定没人跟在他的身后，于是心情愉悦地走进阿奇博尔·德列克星敦店铺——专门给皇室定制服装的裁缝店。他穿过试衣间，踏上一个小讲坛，让阿奇博尔爵士给他定制的礼服做修改。看着大镜子里的自己，他自言自语："做得真不错。"下周，在伊沃娜的餐厅开业典礼上，他会跟往常一样迷人，甚至无法抗拒。

∿

下午，约翰·克洛维离开小木屋来到村子里。他走上大道，打开玻璃师傅的门，出示了票据。他的订单已经做好了。迎接他的学徒消失了一会儿，然后拿着一件包裹回来。约翰小心翼翼地拆开外包装的纸，是一个装裱好的相框。上面的致辞写道：献给我亲爱的伊沃娜，友情至上，埃里克·坎通纳 [1]。约翰对工作室的艺术家表示感谢，拿走了相框。今晚，他要把这幅照片挂在二楼的大卧室里。

∿

晚上，马提亚斯准备晚餐，安托万跟孩子们一起看电视。艾米丽拿着遥控器换台。马提亚斯在擦杯子，听出了一个女记者的声音，她正在讲述居住在英格兰的法国人的生活。他抬起头，看到屏幕上奥黛丽脸颊左边的音量条在下降。安托万夺走了艾米丽手中的遥控器。

∿

在巴黎，电视台的制作室里，信息部主任开完会，跟一个年轻

---

[1] 译注：埃里克·坎通纳曾是法国足球队队长，帮助曼彻斯特联队四次夺取英格兰超级联赛冠军。

女记者谈话。他离开后，一位技术人员走进了房间。

"怎么样？"内森问道，"你的节目批下来了吗？"

奥黛丽点头确认。

"我陪你走走？"

奥黛丽再次点头确认。

午夜时分，索菲一个人在花店后面读信。伊沃娜对坐在床角的恩雅吐露了她生命中的几个秘密，以及焦糖布丁的配方。

马提亚斯眼神放空，倒腾着咖啡杯里的勺子。安托万坐在他旁边，从他手里拿走了勺子。

"你没睡好？"他问道。

路易从房间里走下来，坐在桌子旁。

"我的女儿在做什么？上学要迟到了。"

"她会儿就到。"路易回答。

"我们不说'会儿'，我们说'一会儿'。"马提亚斯提高了音量。

他抬起头，看到艾米丽从楼梯扶手上滑下来。

"快点从那里下来。"马提亚斯站起来吼道。

小女孩儿沉下脸，躲在客厅沙发后面。

"我受够你了！"她的父亲继续吼道，"你赶紧到桌子旁边来。"

艾米丽嘴唇发抖，按照她父亲的指令坐在椅子上。

"你真是被宠坏了，一件事要重复无数次，我说的话你听不进去吗？"马提亚斯继续说道。

路易很窘迫，看着他的父亲，后者让他尽量低调。

"不要这么看着我！"马提亚斯怒气冲冲，"你要接受惩罚！今晚你回来后……做作业，吃晚餐，然后上楼睡觉，不准看电视，听到没？"

小女孩儿不回话。

"听到没？"马提亚斯提高了声调。

"是的，爸爸。"艾米丽委屈地回答，眼里含满了泪水。

路易拿起了书包，用眼神扫射马提亚斯，然后把小伙伴拉到了门口。安托万一句话不说，拿起了车钥匙。

安托万把孩子们送到学校后，把车停到了书店门口。马提亚斯从车上下来时，他抓住了他的手臂。

"我知道你现在心情不好，但今天早上你对你的女儿太过分了。"

"当我看到她从扶手上滑下来时，我吓坏了。"

"不能因为你恐高就不准她走路啊。"

"你还不是这样，你觉得冷就给你儿子穿上毛衣……我真的有这么夸张吗？"

"是的，你简直不可理喻！答应我一件事，去透透气，下午去公园逛逛，你太需要了。"

安托万在他的肩膀上轻拍了一下，然后朝办公室走去。

下午一点，安托万请麦肯锡去伊沃娜的餐厅吃饭。他们把麦肯锡完成的图纸带过去，利用午餐时间在现场确认最后的细节。

他们坐在大厅里。伊沃娜过来找安托万，有人在电话里找他。安托万向他的合伙人表示歉意，然后去吧台接电话。

"告诉我真相，你觉得艾米丽会停止爱我吗？"

安托万看了一眼电话机，然后挂了电话。他守在电话机旁，等到铃声再次响起，他立刻拿起来。

"马提亚斯，你烦死我了……什么？对不起，我们中午不接受预订……是的，谢谢您。"

在伊沃娜好奇的眼神下，他轻轻地放下电话听筒。安托万向桌子走去，刚走到半路电话又响起来了。伊沃娜把电话递给他。

"别说话，听我讲！"马提亚斯在书店里走来走去，"今晚，你取消惩罚，我在你之后回去，然后我随机应变。"

马提亚斯马上挂掉了电话。

电话听筒还在耳边，安托万尽力保持冷静。伊沃娜一直盯着他，他也只能随机应变。

"这是你最后一次打扰我开会！"然后他把电话挂了。

达妮埃尔坐在长凳上，放弃了填字游戏，开始织一件婴儿连体衣。她把羊毛线拿出来，然后把鼻梁上的眼镜往上推。在她对面，索菲盘腿坐在草坪上，跟艾米丽和路易一起玩扑克牌。她的背很痛，跟孩子们打了声招呼，然后站起来放松一下。

"你爸爸是怎么回事啊？"路易问艾米丽。

"我想是因为那个来家里吃饭的女记者。"

"他们之间到底发生了什么事？"小男孩儿打了一张牌。

"你的爸爸……我的妈妈。"她摊开牌。

马提亚斯急匆匆地走在公园小路上。他打开一袋面包，手伸进去拿出一个葡萄面包，然后使劲啃。突然，他放慢了速度，脸上的表情发生了变化。他躲在一棵橡树旁，偷窥眼前的情景。

艾米丽和路易开怀大笑，索菲在草坪上跟他们两个嘻嘻哈哈。她坐在那里向他们提问。

"一个六个字母的惊喜？"

"驯马术（MANEGE）！"路易回答。

像变魔术一样，她从手里拿出两张票，站起来邀请孩子们随她一同走向马车。

路易走得慢，他听到了口哨声，然后转过头。马提亚斯的脑袋从树干后探出来，示意他偷偷走过去。路易朝走在前面的女士们使了个眼色，然后跑到马提亚斯等待的树干那里。

"你在这里做什么？"小男孩儿问道。

"索菲，她在这里做什么？"马提亚斯问道。

"我不能对你说，这是秘密！"

"说嘛，当我得知一个小男生拔掉了博物馆恐龙的鳞片时，我可什么都没说！"

"是的，那不一样，那只恐龙死掉了。"

"为什么索菲在这里是个秘密？"马提亚斯继续问道。

"之前，你跟瓦伦蒂娜分开，你偷偷来卢森堡公园看艾米丽，那也是秘密，不是吗？"

"哦，我明白了……"马提亚斯嘀咕着。

"好吧，你什么都不明白！自从你们跟索菲吵架之后，我们非常想她。她也想我们。"

小男孩儿突然跳了起来。

"好了，我得走了，她们会注意到我不在那里。"

路易走远了几步，马提亚斯又把他叫回来。

"我们的对话也是秘密，对吧？"

路易点头回答，把一只手放在胸前庄严发誓。马提亚斯朝他微笑，把面包袋子扔给他。

"里面还有两个葡萄面包，你分给我女儿一个。"

小男孩儿惊恐地看着马提亚斯：

"我要对艾米丽说什么，你的葡萄面包长在树上？你真是太不会撒谎了，老兄！"

他把袋子扔回去，然后摇摇头离开了。

晚上，马提亚斯回到家，看到路易和艾米丽坐着看动画片，安托万在厨房准备晚餐。马提亚斯走过去。

"我不明白！"他指向亮着的电视机，"我说过什么？"

安托万吃惊地抬起头。

"不能看！电！视！我说过的话不算数吗？太过分了！"他举起手大吼道。

艾米丽和路易在沙发上看他们吵架。

"我希望大家在这个家里维护一下我的威严。我做了一个关于孩子们的决定，我希望你支持我。一个人唱白脸，一个人唱红脸，这也不难啊！"

安托万看着马提亚斯，停下了手里在做的炖菜。

"这个涉及家庭和睦。"马提亚斯用手指在锅里搅了搅，朝他的朋友使了个眼色。

安托万用汤勺打他的手。

闹剧结束，大家在桌前就座。晚餐结束时，马提亚斯陪艾米丽睡觉。

躺在她身旁，他给她讲了一个他知道的最长的故事。最后结束的时候，希欧多，有着神奇魔法的兔子，住在天空中，拍打着翅膀（可怜的小动物，从出生开始，一只翅膀就比另一只翅膀短……而且还少几根羽毛）……艾米丽把大拇指含在嘴里，蜷成一团，然后背朝她的爸爸。

"你睡了吗，我的小公主？"马提亚斯轻声问道。

他慢慢滑下床，跪在床边，轻轻摸着他女儿的头发，看着她睡觉。

艾米丽把一只手放在前额，另一只手仍然被她爸爸握住。她的嘴唇时不时地抖动一下，就像是她想说些什么。

"你长得真像她。"马提亚斯低声说道。

他在她的脸颊上吻了一下，告诉她，他爱她胜过世界上其他人，然后轻手轻脚离开了卧室。

安托万穿着睡衣，躺在床上安静地读书。有人在敲门。

"我忘记去干洗店拿我的西服了。"马提亚斯从门缝里探出头。

"我去过了，衣服在你的衣柜里。"安托万继续读书。

马提亚斯来到床边，躺在被子上。他拿起遥控器，打开电视机。

"你的床垫真舒服！"

"我们是一样的！"

马提亚斯坐起来，把枕头摆弄了一下，为了躺起来舒服。

"我没打扰你吧？"马提亚斯问道。

"当然有！"

"你看啊，你还抱怨我们从不交谈。"

安托万夺回了遥控器，把电视机关上。

"你知道，我重新想过你眩晕的问题，这点其实说明了很多事情。你害怕长大，害怕做计划，这一点让你'瘫痪'，你跟他人的关系也是如此。跟你的妻子在一起，你害怕做丈夫。有时候，跟你的女儿在一起，你害怕做父亲。你上一次为其他人而不是你自己做点事情是什么时候呢？"

安托万关了床头灯的开关，然后转过身去。马提亚斯躺了几分钟，在黑暗中一声不吭。他站起来，在出门之前，他看着他的朋友。

"那你又知道什么？作为交换，我也有建议要给你，安托万。让某个人走进你的生命吧，把为了自我保护的墙壁推倒吧，而不是等到别人来推倒。"

"你为什么这样说？我怎么没把墙推倒？"安托万吼道。

"不，是我推倒的，我从来不提这事。另外，童装店的拖鞋尺码是多少？"

门关上了。

安托万睡不着，他打开灯，从床头柜的抽屉里拿出一张纸开始写起来。直到凌晨，睡意袭来，他终于写完了信。

马提亚斯也睡不着，他也打开了灯，跟安托万一样，直到凌晨才入睡。这次他终于做了几个决定。

第十章
我们之间

我愿意在你的注视中老去，装点你的黑夜，直到人生尽头。这些话，我只写给你一个人，我的爱。

这周五，艾米丽和路易上学迟到了。他们使劲摇晃还睡在床上的父亲，但他们根本醒不来。在他们看动画片期间（肩上背着书包，以防有人会批评他们），马提亚斯在浴室里刮胡子，安托万惊恐万分，打电话跟麦肯锡说他今天可能会晚半个小时到事务所。

马提亚斯走进书店，用记号笔在一张牛油纸上写上"今日关门"，然后贴在玻璃门上，迅速离开。

他经过工作室，打扰了正在开会的安托万，强迫他把车借给他。他旅行的第一站是泰晤士河沿岸。他把车停在牛津塔的停车场里，坐在长凳上，面向河堤发呆。

伊沃娜确保自己什么都没有忘记，再次检查她的车票。今晚，维多利亚火车站，她要坐晚上六点的火车。她大概五十五分钟后到达查塔姆。她关上她的小黑箱子，把它放在床上，然后走出单间。

她心头一紧，走下楼梯，来到大厅。她跟安托万有个约会。这个周末出发是个好主意，她没法忍受看到餐厅里的骚乱。但这次旅行的真正原因是来自内心的呼唤，虽然她的性格让她不愿意承认。今晚，她第一次在肯特郡过夜。

安托万走出会议室，看了一下表，伊沃娜肯定等了他好久。他翻了一下外套口袋，检查了信件还在，然后跑去赴约。

索菲侧着身，站在花店后面挂在墙上的镜子前。她摸着自己的肚子，笑了。

马提亚斯最后一次看着水浪，他深吸一口气，然后离开了座位。他坚定地朝牛津塔走去，穿过大堂和电梯服务员交谈。那名服务员认真听完他的要求，欣然接受了马提亚斯慷慨的小费，虽然在他看来，他要帮的忙很奇怪。然后他建议电梯里的乘客保持冷静。马提亚斯走进电梯间，面向大门，说他准备好了。于是，电梯服务员按下了按钮。

恩雅向伊沃娜承诺她会在装修期间一直看着现场，她会确保那些工人不搞坏她的收银机。伊沃娜本来就很难想象她回来之后餐厅的模样，一切都会大变样。但如果她的旧机器也坏了的话，那么这家餐厅的灵魂也就不存在了。

她拒绝看安托万给她的图纸。她相信他。她来到吧台后面，打开抽屉，递给他一个信封。

"这是什么？"

"你打开看就知道了。"伊沃娜说道。

"如果是支票，我是不会兑现的。"

"如果你不兑现，我回来的时候就拿两罐油漆把你的装修全部乱涂乱画，你听懂了吗？"

安托万还想跟伊沃娜交涉，但伊沃娜把信封拿给他，使劲塞进了他的外套口袋。

"你到底拿不拿？"她手里提着一串钥匙，"我很想让我的餐厅焕然一新，但是我到死都是老一派的人，我有我的骄傲。我很清楚你不愿意我付你酬金，无论如何，我的装修得我自己出钱！"

安托万拿过伊沃娜手里的钥匙，告诉她餐厅直到周日晚上都是属于他的，她只能周一上午回来。

"先生？您必须把脚从门口拿开，其他人都不耐烦了！"牛津塔的电梯服务员恳求道。

电梯间还没有离开地面，尽管电梯服务员向所有客人解释了情况。但有些人不愿意再等，他们想尽快去顶楼吃饭。

"我快准备好了！"马提亚斯说道，"快了！"

他深吸一口气，鞋里的脚指头都弓了起来。

马提亚斯身旁的商务女士用雨伞钩了一下他的小腿，他的腿弯了一下，电梯间终于来到了伦敦的半空中。

伊沃娜离开了她的餐厅。她跟理发师有个约会，然后回家取箱子。恩雅不得不把她推到门外。她可以相信她。伊沃娜把她抱入怀中，在上出租车前亲吻了她。

安托万来到街上，经过索菲的花店时停了下来，敲了一下门，然后走进去。

电梯门在最高一层打开，餐厅的客人们蜂拥而出。马提亚斯抓住扶手，站在电梯间最里面，睁开了眼睛。实在太美了！他发现了一个他从没见过的城市。电梯服务员双手鼓掌，一次、两次，然后发自内心地继续鼓掌。

"我们再来一次，就我们两个人？"电梯服务员问道。

马提亚斯看着他微笑。

"那么就来一次吧，因为我等会儿还要赶路。"马提亚斯回答，"可以让我来吗？"他把手指放在按钮上。

"当然可以！"电梯服务员骄傲地回答。

"你是来买花的吗？"索菲看着安托万走进来。

他从口袋里拿出一封信递给她。

"这是什么？"

"你知道的，你要我代写信的那个笨蛋……我想他终于回信了，于是我想亲自把他的回信拿给你。"

索菲什么都没有说，她弯下腰打开木盒子，然后把信放进去。

"你不打开看吗？"

"也许晚点再看，我想他也许不想我当着你的面来读。"

安托万朝她走去，把她拥入怀中，亲吻了一下她的脸颊，然后走出了花店。

车子停在 M25 国道上，马提亚斯探出身子拿了一张过路卡。还有十千米，他就要走上 M2 的岔道口。今天早上，他完成了第一个愿望。现在，他可以在一个小时内完成第二个愿望。

剩下的时间，安托万都跟麦肯锡一起待在餐厅里。他们和恩雅一起把旧桌子堆在大厅深处。第二天，木工的卡车就会把新家具送来。他们一起在墙上用蓝色粉笔画出大概的轮廓，给木工师傅标明周六送来的家具要放的位置，还有周日油漆工的工作范围。

下午时分，索菲接到了马提亚斯的一个电话。他很清楚她不想跟他说话，但他还是恳求她听他说。

索菲放下电话听筒，关上花店的门，以防有人打扰。马提亚斯挂了电话之后，索菲打开了盒子。她撕开信封，读着她幻想多年的字句，这一份友情终于不再只是一份友情。

索菲：

我本来以为下一场恋爱还会失败，既然我从未拥有过你，又为何会担心失去你呢？

然而，我害怕的还是发生了。我还是失去了你。

这些年来，我代你写信，虽然从没告诉过你，但我幻想着我就是那个读信的人。前一晚也是如此，我没法告诉你……

我会比任何父亲更爱这个孩子，因为他是你的。我会比任何情人更爱这个孩子，就算这个孩子是他的。

如果你还需要我，我会赶走你的寂寞，牵着你的手，带你走向一条我们共同创造的道路。

我愿意在你的注视中老去，装点你的黑夜，直到人生尽头。

这些话，我只写给你一个人，我的爱。

安托万

马提亚斯在自助加油站停了下来。他加满了油，开上 M25 号公路，目的地伦敦。刚刚在肯特郡，他完成了第二个愿望。克洛维先生陪他回到车里，他承认他非常期盼这次拜访。但是"波皮诺"的身份，他不愿意透露。

马提亚斯驶上高速公路，拨通了安托万的手机号码。他想办法找人照看孩子们，然后他邀请他去吃晚餐。

安托万询问他们要庆祝什么，马提亚斯没有回答，但让他选个吃饭的地点。

"伊沃娜走了，我们两个人拥有整个餐厅，如何？"

他迅速打断了恩雅，她本来一口答应帮他们准备一顿简单的晚餐。她把东西都留在厨房，只需要热一下就行。

"很好。"马提亚斯说道，"我会带酒来的，八点整！"

恩雅给他们铺了一张漂亮的桌布。在整理地窖的时候，她找到了一个烛台，把它放在桌子中央。菜在烤箱里，他们只需要拿出来就行。马提亚斯到达时，她跟他们打了个招呼，然后上楼回到卧室。

安托万打开了马提亚斯带来的红酒，给他们两人倒上两杯。

"这里应该会很美。周日晚上，你就会认不出来了。如果我没搞错的话，这个地方的灵魂不会改变。这里永远是伊沃娜的餐厅，只是更加现代化。"

马提亚斯一句话不说，他举起杯。

"那么我们庆祝什么？"

"我们。"马提亚斯回答。

"为什么？"

"为了我们为彼此做的事情，特别是你。你看啊，我们的友情没有在市长面前宣誓，也没有明确的纪念日，但是既然我们选择了彼此，那么这份友情还是可以持续一生的。"

"你还记得我们第一次见面吗？"安托万问道。

"献给卡洛琳·勒布隆。"马提亚斯回答。

安托万想去厨房找盘子，但马提亚斯阻止了他。

"坐下来，我有很重要的事情告诉你。"

"我听着。"

"我爱你。"

"你是在为约会练台词吗？"安托万问道。

"不，我真的爱你。"

"你又在说蠢话？赶紧停下来，你真的让我很担心。"

"我要离开你了，安托万。"

安托万把杯子放下，注视着马提亚斯。

"你有其他人了吗？"

"好了，现在是你在说蠢话。"

"你为什么这样做？"

"为了我们两个人好。你问我上一次为其他人而不是我自己做点事情是什么时候，那么我现在可以回答你。"

安托万站了起来。

"我不饿了，你想去散散步吗？"

马提亚斯把椅子放回去。他们离开了桌子，在身后关上了门。

他们沿着河岸散步，两个人一路上都沉默着。

安托万靠在泰晤士河上一座桥的扶手上，从口袋里拿出最后一根雪茄。他用手指卷了一下烟叶，然后点燃了一根火柴。

"无论如何，我不想要另一个孩子。"马提亚斯微笑着。

"我想要！"安托万把雪茄递给他。

"来吧，我们穿过去，对岸的风景更美。"马提亚斯接过雪茄。

"你明天来吗？"

"不，我想我们最好这段时间都不要见面。但我周日会给你打电话，问问工程的进展。"

"我明白。"安托万说道。

"我带艾米丽去旅行。她就算旷课一周也没太大关系。我需要跟她相处一段时间，我要跟她谈谈。"

"你有什么计划？"安托万问道。

"是的，我要跟她谈我的计划。"

"那么我呢，你不愿意跟我谈谈吗？"

"要的，但先跟她谈。"

一辆出租车经过桥面，马提亚斯招手。安托万上了车，马提亚斯关上车门，然后把头伸进车里。

"回去吧，我还要走一走。"

"好吧。"安托万回答道，"你看着时间。"他看了一下表，"我们的保姆看到我回去会骂我的。"

"不要担心杜特菲尔夫人，我都关照过了。"

马提亚斯等出租车开走。他把手伸进大衣的口袋里，开始往前走。现在是两点二十，他攥紧手指，希望第三个愿望能达成。

~~~

安托万走进房间，看到放钥匙的小托盘。客厅半明半暗，电视机的光一闪一闪的。

他一只脚穿着粉红色拖鞋，一只脚穿着蓝色拖鞋，经过沙发，朝厨房走去，打开了冰箱。在架子上，苏打水罐子按颜色排列整齐。他把它们的顺序打乱，然后关上门。他在水龙头下倒了一大杯水，然后一口喝完。

他走回客厅才发现索菲。她睡得很沉。安托万脱下外套给她把肩膀盖上。他弯下腰，轻轻抚摸她的头发，在她的额头上吻了一下，接着滑到了嘴唇。他关了电视机，然后来到沙发另一边。他轻轻地抬起索菲的脚，安静地坐下，把她的双脚放在他的膝盖上。最后，他靠在垫子上寻找一个舒服的位置睡觉。他安静下来后，索菲睁开一只眼睛，笑了，然后继续睡觉。

~~~

安托万一大早就出发了，他想在现场等木工的卡车。索菲给艾米丽准备了行李箱，用一个大袋子准备她父亲的东西。马提亚斯九点去接她，他们一同出发去科努瓦耶，两个人利用这次旅行好好谈谈未来。艾米丽亲吻了路易，向他保证她会每天给他寄明信片。索菲送他们到门口。

"谢谢你帮我准备行李。"马提亚斯说道。

"谢谢你。"索菲把他抱住，"会好起来吗？"她问道。

"当然了，我有我的守护天使在身边。"

"你什么时候回来？"

"我不知道，几天后吧。"

马提亚斯牵着女儿的手，走下台阶，转过身看着房子的外墙。藤萝爬上了入口两扇门的两侧。索菲看着他，他朝她微笑，很感动。

"好好照顾他。"马提亚斯低声说道。

"你可以相信我。"

马提亚斯走上台阶，抱起路易，然后亲吻他。

"你也要好好照顾索菲，我不在的时候，你就是这个家里的男子汉。"

"我爸爸呢？"路易的脚落了地。

马提亚斯给他使了个眼色，然后走远了。

安托万走进空荡荡的餐厅。大厅深处，一个烛台放在白色桌布上，餐具很干净，除了两个装红酒的玻璃杯。他坐在前一晚马提亚斯坐的位置上。

"就这样吧，我一会儿来收拾。"恩雅在楼梯旁边说道。

"我没听到你的声音。"

"我听到了你的声音。"她走近他。

"这个春天很美，不是吗？"

"除了几次暴雨，每个春天都是如此。"她看着空荡荡的大厅。

"我觉得我听到街上的卡车的声音了。"恩雅透过玻璃窗看过去。

"我害怕。"安托万说道。

"伊沃娜会喜欢的。"

"你是为了安慰我吗？"

"不，我这样说是因为昨晚，你离开后，她过来看了你的图纸。相信我，她的眼睛笑了，就像我从没见过那样。"

"她没说什么吗？"

"她说：'爸爸，你看啊，我们做到了。'现在，我给你煮些咖啡。来吧，从那里起来，我要收拾桌子了。走开！"

木工师傅们走进了餐厅。

周日，约翰带伊沃娜参观村子。她很迷恋这个地方。沿着主干道，房子的外墙是不同的颜色，粉色、蓝色，还有白色，甚至紫色，所有的阳台上都摆满了鲜花。人们在俱乐部吃午餐。太阳在肯特郡的天空上闪耀着，老板把客人们都安置在室外。奇怪的是，今天人们似乎都要去买东西。所有人都在露台上走来走去，向约翰·克洛维和他的法国朋友打招呼。

他们从田野回到家。英国的乡下是世界上最美的地方之一。下午是美好的,约翰在温室里工作。伊沃娜趁机在花园里睡午觉。他把她安置在一张长凳上,亲吻了她,然后去工作室找工具。

木工师傅们信守承诺,所有的家具都摆放就绪。安托万和麦肯锡弯下腰,在吧台的两端检查细节工作。家具非常完美,没有一根突出的倒刺。工作室的人起码上了六层釉才得到如此光亮的表面。恩雅万分小心,在她的监督下,那台老收银机放回了原位。大厅里,油漆工给昨晚取下来的气窗涂完了漆。安托万看了一下手表。他盖上防水布,用大扫把做清洁,把新的桌椅摆放整齐。电工师傅们已经完成了墙面的铺线工作。索菲走进来,抱着一个大花瓶,牡丹花开得正艳。第二天,伊沃娜回来时,一切准确就绪。

在法尔茅斯,一个父亲带着他的女儿来到科努瓦耶的悬崖。他来到海边,指给她远处的法国海岸线。她简直不敢相信自己的眼睛,跑过去冲进他的怀抱,告诉他她为他感到非常骄傲。回到车里,她趁机询问他的父亲是否不再恐高,她终于可以从楼梯扶手滑下去而不被责骂。

下午四点，一切都搞定了。安托万站在门口，索菲、路易和恩雅看着完工的餐厅。

"我没法相信这一切。"索菲凝视着餐厅。

"我也无法相信。"安托万牵过她的手。

索菲弯下腰，告诉路易一个秘密。

"两秒钟后，你的父亲要问我伊沃娜是否会喜欢。"她在他的耳边低声说道。

电话响了。恩雅拿起来示意安托万接电话，是找他的。

"她想知道是否完工了。"他朝吧台走去。

他转过身询问索菲，她认为伊沃娜会不会喜欢新的餐厅。

他拿起电话，脸上的表情变了。电话那一头不是伊沃娜，而是约翰·克洛维。

下午伊始，伊沃娜就觉得不舒服。但她不想让他担心。他期待这一刻太久太久。乡下到处是阳光，叶子在风中摇曳，夏日的香气太迷人。她太累了，杯子从手中滑落。她想试图抓住茶杯的手柄，只不过是块陶瓷而已。约翰在温室里，听不到她的声音。她喜欢他修剪玫瑰枝的方式。

太有趣了，伊沃娜想到了他，他就在这条小路的尽头。他真像她父亲，他有着他的温柔和稳重，还有着天生的高贵气质。那个牵着他手的小女孩儿是谁？不是艾米丽。小女孩儿挥舞着父亲带她去坐摩天轮时戴的围巾。她示意小女孩儿过来。

阳光太强，她的皮肤能感觉到。不应该害怕，重要的事情她都交代了。也许，最后来一口咖啡？咖啡壶在长凳上，离她很近，但她触手难及。一只鸟飞过了天空，今晚，它会飞到法国。

约翰朝她走过去。但愿他朝灌木丛走去，她最好还是一个人待着。

她的脑袋太重了，她让头歪在肩膀上，她要睁大眼睛，感受这周围的一切。我想去看木兰花，还有玫瑰花。光线暗了，太阳没那么晒了，鸟儿飞走了，小女孩儿在向我示意，我的父亲在朝我微笑。天啊，生命逝去的过程是多么美啊……杯子滚落在草地上。

她直挺挺地坐在椅子上，头朝下，脚边有几块摔碎的陶瓷片。

约翰放下手里的工具，跑过来，喊着她的名字……

伊沃娜刚刚去世，在肯特郡的花园里。

伊沃娜肯定会喜欢老布朗普顿墓地的这块天空。约翰走在最前面，达妮埃尔、柯莱特和玛蒂娜紧随其后。索菲、安托万、恩雅和路易在安慰麦肯锡，穿着新西服的他悲痛万分。在他们身后，布特街的商人们、客人们都来了，组成了长长的队伍。

人们把她下葬之后，从球场传来了欢呼声。这个周三，曼彻斯特联队赢得了比赛。曾经走在巷子里的那个身影，那个朝约翰微笑的人是一名伟大的球员，今天没人会反对这点。没有弥撒，伊沃娜不想要。寥寥几句足够证明，就算死去，她还是一直在这里。

按照伊沃娜的遗愿，仪式很快就结束了。大家来到她的餐厅，这是约翰的愿望。

尽管安托万还在哭，大家一致同意要开心起来。餐厅比她想象的还要漂亮，她当然会喜欢。大家坐在桌子旁，举起玻璃杯来缅怀伊沃娜。

中午，路过的客人进了餐厅。恩雅不知道怎么办，达妮埃尔示意她去招待他们。当他们买单时，她走到收银机前，不知道是否要打下这份账单。

约翰走过来敲键盘，收银机的声音在餐厅回响。

"你们看，她就在这里，在我们中间。"他说道。

餐厅刚刚重新开门。约翰离开时说道："伊沃娜曾经说过，如果餐厅被关的话，她就会死第二次。"恩雅不用担心。今天早上，约翰看到她一个人在餐桌之间不紧不慢地走来走去，他确定她能胜任这份工作。

虽然恩雅很高兴听到他这样说，但是她没有资金继续营业。约翰让她放心，她不需要担心这点，他们会达成一个协议，一种新的管理方式，跟马提亚斯的书店一样，他会解释给她听的。如果她需要什么帮助，他就在不远处。约翰只有一个要求。他递给她一个精致的木头相框，询问她是否愿意把它挂在吧台上方，把那张照片一直放在那里。离开之前，他还有一件事要处理，他指给她挂在衣帽架上的大衣。他把大衣送给她，这是第二次。她要保留好这件大衣，它会带来好运，不是吗？

索菲看着安托万，马提亚斯刚刚进来。

"你来了！"安托万走向他。

"是的，你看到了！"

"我以为你在墓地。"

"我今天早上才得知这个消息，然后打电话给克洛维，尽快赶回来。但是你知道英国的车总是向错误的方向行驶。"

"你会留下来吗？"

"不，我要离开了。"

"我明白了。"

"你能照看艾米丽几天时间吗？"

"当然！"

"关于房子，你想怎么办？"

安托万看着索菲，她递给麦肯锡一沓纸巾。

"无论如何，我会需要你的卧室。"安托万看着肚子大起来的索菲。

马提亚斯往门口走去，然后又走回来，抱紧了他的朋友。

"向我保证一件事情：今天不要盯着那些不完美的细节看，今天只需要好好欣赏你的作品。真是太美了。"

"好的。"安托万回答。

马提亚斯走进书店，约翰·克洛维在那里等他。约翰签署了他们在肯特郡谈过的所有文件。马提亚斯爬上梯子，从最高的架子上拿了一本书，然后回到柜台后面。

他修好了抽屉，现在再打开它的时候没有咔嚓声了。

他再次感谢这位老书商，他为他做的一切，递给他这个书店仅存的一本《天下无双的吉夫斯》。

出发之前，马提亚斯提了最后一个问题："那个'波皮诺'到底是谁？"

克洛维微笑着，让他去门口拿两个箱子。马提亚斯打开包装纸，第一个箱子里是一块搪瓷板，第二个箱子里是一把雨伞，把手是樱桃木。"不管我们去哪儿，不管我们在哪里生活，某些晚上总会下雨。"约翰与他告别时说道。

马提亚斯走出了书店，约翰把手伸进收银机的抽屉里，把小弹簧条放在以前的位置。

火车进站了，马提亚斯跑上站台，挤到人群的最前面，坐上第一辆出租车。他从车窗里向那些辱骂他的乘客吼道："我有一个生命之约！"车子很快就来到玛根塔大街，这天的交通特别顺畅。

他在步行街入口加快了脚步，跑了起来。

在大玻璃窗后面，晚上八点的新闻正在剪辑中。一名保安要他出示证件，还有他来拜访的人名。

之后保安呼叫管理处。

她好几天都不在。电视台规定严禁泄露她的工作地点。

"至少还在法国吧？"马提亚斯的声音不禁颤抖。

"我们什么都不能说……这是规定。"保安重复道，"无论如何，记录上找不到。"他查了一下他的册子，"她下周回来。"他只知道这么多。

"至少可以告诉她马提亚斯来看过她？"

一个技术人员经过走廊，听到了他熟悉的名字。

"是的，他叫作马提亚斯。怎么了？他怎么知道他的名字？"

"他认识他，她经常提到他。"年轻男人回答。她从伦敦回来的时候，他安慰了她，听她讲她的心事。

"去他的规则。"内森把他拉到一边，她是他的朋友，规则是没错，条件是可以在特殊情况下违反规则。如果马提亚斯很着急，那么他可以在战神广场找到她。原则上来说，她在那里拍片子。

出租车的轮胎在伏尔泰堤岸转弯时发出了咯吱声。

塞纳河沿岸，一座座桥呈现出独一无二的景象。右边，大皇宫的蓝色彩绘大玻璃刚刚亮起来，埃菲尔铁塔在他面前一闪一闪的。巴黎真的是世界上最美丽的城市，当我们离得很远的时候尤其如此。

晚上八点，出租车在阿尔玛大桥掉头，然后在人行道边停下来。

马提亚斯整理了一下外套，在后视镜里检查了一下发型，还好，不是很乱。他从口袋里掏出小费，司机让他放心，他的着装很得体。

她完成了报道，跟几个同事交谈。当她在广场上看见他时，整个人都僵住了。她穿过广场，向他跑去。

他穿着一套精致的西装。奥黛丽看着马提亚斯的手，它们在颤抖。她注意到他忘记了别袖扣。

"我从来不知道我把扣子放在哪里。"他看着他的手腕。

"我把你的茶杯带在身边，但我没有带你的袖扣。"

"你知道吗，我再也不恐高了。"

"你想怎么样，马提亚斯？"

他直勾勾地看着她的眼睛。

"我长大了，给我们第二次机会。"

"第二次机会，不会总是成功的。"

"是的，我知道，但我们一起睡过。"

"我记得。"

"你觉得你可以爱上我的女儿吗，如果她一起来巴黎生活的话？"

她久久地看着他，牵着他的手，然后笑了起来。

"来吧。"她说，"我要验证一件事情。"

奥黛丽带着他往埃菲尔铁塔最高一层跑去。

尾声

第二年春天，一朵玫瑰在切尔西花展上拿了大奖。她的名字是伊沃娜。在老布朗普顿的墓地，这朵花在伊沃娜的坟墓上早就盛开了。

几年过去了，一个年轻人和他最好的朋友相遇了，只要他们有空就会见面。

"对不起，我的火车晚点了。你来了很久吗？"艾米丽坐在长凳上。

"我刚到，我去机场接妈妈，她出差回来了。我带她去过周末。"路易回答，"那么，牛津怎么样，你的考试如何？"

"爸爸会非常高兴的，我拿了第一名。"

他们肩并肩坐在公园旋转木马旁边的长凳上，他们看到一个穿着蓝色西服的男人刚刚在他们对面坐下。他把一个大包放在脚边，然后陪他的女儿去坐旋转木马。

"分手六个月。"路易说道。

"三个月。不会更长了！"艾米丽回答。

她伸出手，路易拍了一下她的手心。

"我跟你打赌！"

马提亚斯一直不知道"波皮诺"到底是谁……

致谢

感谢妮可尔·拉泰、雷恩奈罗·邦多林尼、布里吉特·拉诺、艾玛努埃尔·阿尔都安、安托万·卡罗、罗塞·朗托姆、凯里·格朗科斯、克洛迪娜·介朗、卡特兰·奥达普、马克·凯斯勒、安娜—玛丽·勒芳、伊丽莎白·维尔纳弗、西尔维亚·巴尔多、蒂内·热尔贝、玛丽·迪布瓦、布里吉特·斯特劳斯、塞尔热·博韦、莉迪·勒鲁瓦、奥德·德·马尔热里、若埃尔·勒诺达、阿里耶·斯伯罗，以及罗伯特·拉丰出版社的所有工作人员。

感谢波丽娜·诺曼、玛丽—伊芙·波沃。

感谢多米尼克·法鲁希亚、樊尚·兰东和帕特里克·坦西。

感谢波丽娜。

感谢雷蒙、达妮埃尔·李维和洛兰·李维。

感谢菲利普·盖，没有他，这个故事就不会存在。

以及，苏珊娜·李和安托万·奥杜阿尔。

您可以在以下网站搜寻到所有关于马克·李维的消息

www.marclevy.info

图书在版编目（CIP）数据

我们之间 /（法）马克·李维（Marc Levy）著；陈潇译 .
— 长沙：湖南文艺出版社，2018.1
ISBN 978-7-5404-8383-8

Ⅰ . ①我… Ⅱ . ①马… ②陈… Ⅲ . ①长篇小说—法国—现代 Ⅳ . ① I565.45

中国版本图书馆 CIP 数据核字（2017）第 275257 号

著作权合同登记号：图字 18-2017-140

Mes amis Mes amours by Marc Levy
Copyright © 2006 Editions Robert Laffont / Susanna Lea Associates
Published by arrangement with Susanna Lea Associates through Bardon—Chinese Media Agency
Simplified Chinese translation copyright © 2018 by China South Booky Culture Media co., Ltd.
ALL RIGHTS RESERVED

上架建议：畅销·外国文学

WOMEN ZHI JIAN
我们之间

著　　者：[法]马克·李维
译　　者：陈　潇
出 版 人：曾赛丰
责任编辑：薛　健　刘诗哲
监　　制：蔡明菲　邢越超
策划编辑：马冬冬　刘宁远
特约编辑：朱冰芝
版权支持：辛　艳
营销支持：张锦涵　李　群　姚长杰
装帧设计：利　锐
出版发行：湖南文艺出版社
　　　　　（长沙市雨花区东二环一段 508 号　邮编：410014）
网　　址：www.hnwy.net
印　　刷：三河市鑫金马印装有限公司
经　　销：新华书店
开　　本：880mm×1230mm　1/32
字　　数：204 千字
印　　张：10
版　　次：2018 年 1 月第 1 版
印　　次：2018 年 1 月第 1 次印刷
书　　号：ISBN 978-7-5404-8383-8
定　　价：45.00 元

质量监督电话：010-59096394
团购电话：010-59320018

单本累计销量超过260万册，
被改编为同名电视剧在法国热映

《偷影子的人》作者
马克·李维全新治愈系小说

这世上总有一个地方，让无处安放的灵魂找到栖息之所